U0585338

大桥

何建明　著

作家出版社

图书在版编目（CIP）数据

大桥／何建明著 . -- 北京：作家出版社，2022.1
（人民文学头条：全 7 册）
ISBN 978 - 7 - 5212 - 1475 - 8

Ⅰ . ①大… Ⅱ . ①何… Ⅲ . ①报告文学 – 中国 – 当代
Ⅳ . ①I125

中国版本图书馆 CIP 数据核字（2021）第 127631 号

大　桥

作　　者：何建明
责任编辑：田小爽
装帧设计：留白文化
出版发行：作家出版社有限公司
社　　址：北京农展馆南里 10 号　　　邮　　编：100125
电话传真：86 - 10 - 65067186（发行中心及邮购部）
　　　　　86 - 10 - 65004079（总编室）
E - mail: zuojia@zuojia. net. cn
http: // www. zuojiachubanshe. com
印　　刷：三河市紫恒印装有限公司
成品尺寸：145 × 210
字　　数：96.8 千
印　　张：5.5
版　　次：2022 年 1 月第 1 版
印　　次：2022 年 1 月第 1 次印刷
ISBN 978 - 7 - 5212 - 1475 - 8
定　　价：188.00 元（全 7 册）

目 录

酬志伶仃洋

　　我一直认为，并不是所有的杰出人物都是死去之后或者在岗位上牺牲之后才伟大的。林鸣是我在过去一年中所关注的两位杰出人物之一，另一位是"天眼"工程的南仁东，亿万人民对他已经非常熟知，南仁东先生在 2017 年已逝，此后他所孕育出的中华民族伟大的婴儿——"天眼"诞生了，南先生也随之成为我们的民族英雄。但大家对林鸣还不够熟悉。然而林鸣做的这件伟大的事情，全国人民都已知道了，那就是 2018 年 10 月 23 日国家主席习近平亲自前往剪彩通车的长达 55 公里的"世界第一桥"——港珠澳大桥。

　　关于这座桥的伟大之处，可以用至少 10 个"世界第一"来称颂，事实上也是如此。外媒已经把这座大桥誉为"世界新七大奇迹"之一。

通车那天，港珠澳三地万众欢呼。也许在所有激动的人群中，林鸣是唯一一直紧锁眉头的人。在过去近十年时间里，他几乎每天都在为这座大桥眉头紧锁，施工现场有太多令人担惊受怕的事等着他去面对和处理……

"一个人的胆是被吓大的。"想象不出中国工程师的本领到底有多大——世界上最强大、最老牌的跨海大桥和海底隧道的建筑专家及专业团队用了一个多世纪积累下来的"海上造桥经验"，竟然在中国工程师手里被"边干边学"全部熟练掌握，并且远超其水平地发挥和创造了无数前所未有的奇迹。林鸣牛就牛在这里。他的名字生来就是一鸣惊人的意思。

且不说工程的复杂性，单言港珠澳大桥花去的工程费，林鸣所承担的这一块约占整座大桥主体工程费用的 2/5，你可以想象他干的潜入海底的隧道工程在整座大桥中的分量有多大！

大桥的总分量是多少？估计没人称过，也称不出来。但林鸣负责的 33 节深入海底、构成整个海底隧道的沉管，每节重达 8 万吨，相当于一艘大中型航母的分量。33 艘"航母"一起制造，再一起深入海底，再串联起来组成双向六车道的通道，外加中间一条防水防火防事故的"消防通道"，而且要做到"滴水不漏"……简单而言，林鸣及他的团队就是在港珠澳大桥上干了这些事。然而，他们从准备到完工，却花去了差不多十年的时间。

　　刚接受港珠澳大桥任务时，林鸣还是一头乌发、身板挺拔的英俊帅哥。但现在的他完全变样了。第一次在北京见面时，我一直在观察和琢磨此公到底多大年纪了。六十七八？兴许七十了吧！后来知道，他比我还小一岁。知道他真实年龄时，我对他为国家建造大桥所付出的辛劳感到由衷敬佩。

　　外貌丝毫不影响一个高尚的人的崇高，也不影响这个人的真正形象。更何况，林鸣他而今"显老"是跟这座磨难中成长起来的大桥相关联的。他的"命"与桥关联，与珠海牵扯在一起——这是他的命。

　　港珠澳大桥的开工日子是 2009 年 12 月 15 日。那天，时任国务院副总理的李克强来珠海启动大桥开工仪式。但林鸣接受港珠澳大桥第一个任务的时间，还要比这早上整整四年。

　　2005 年他被抽调到珠海参加大桥前期相关技术调研和论证工作。其实，关于建不建，如何建这条联结香港、澳门和珠海的大桥，在林鸣去珠海接受前期专家组任务之前，已经有了一二十年关于"大桥"的种种"激烈纷争"。说"激烈"，是因为当时这大桥太特殊了——关联着三个地方不同社会制度的政府和百姓的事。

　　看看地图便知：珠海位于珠江口的出海口西侧，与附近的中山、澳门相邻。以前一直以为澳门紧挨香港，这回前往大桥采访多次，方知原来在珠海"一脚抬起"便到了澳门。与珠海隔海相望的是深圳、东莞和香港，东西两岸之间便是一片名气很大的海面，叫伶仃洋，面积约2100平方公里。在这片苍茫的海面上，发生过很多影响中国历史进程的故事，比如鸦片战争，比如孙中山领导的一次次反清风云，当然，中国改革开放的第一波浪潮，也是从这片海洋上涌起的。但伶仃洋给中国人留下最深和最久远印象的，当数宋朝名将文天祥。

1279年正月的一天晚上，南宋爱国名将文天祥被元军押解在船上。那一刻，在甲板上手脚皆被镣铐紧锁的文天祥，双眉间尽是诘问和悲怆，只见他时而仰天长叹，时而悲恸无语……文天祥突然伸手要过元军将领张弘范让他写信招降同僚的纸笔，道："我写！"

文天祥真的写了，悬腕挥毫书写下一首传诵于今的壮丽诗篇——

辛苦遭逢起一经，干戈寥落四周星。

山河破碎风飘絮，身世浮沉雨打萍。

惶恐滩头说惶恐，零丁洋里叹零丁。

人生自古谁无死？留取丹心照汗青。

这首名曰《过零丁洋》的诗篇，如黄钟大吕般，一直响彻在中华民族历史的天空，仿佛每时每刻都在告诫每一个中华民族的后生记住如何爱国、报国和强国。七百多年来，中国人没有忘记过文天祥在伶仃洋上的这一绝唱。

港珠澳大桥则是其中又一壮美的时代篇章。

2005年，上面找到林鸣，就争论了几十年的在伶仃洋上造桥的事，终于正式确定了新的方案，开始启动工程的前期准备，此时桥名已定为"港珠澳大桥"。

2005年，林鸣四十八岁，已经是中国建桥界有实绩、有名望的专家了。造桥属于土木工程类，在这一领域称得上专家的人士，要么是理论上的权威，要么就是成功干过大工程的人。林鸣属于后者。他从实践中积累的真知灼见，让那些理论权威不得不刮目相看。事实上，工程技术方面的很多尖端环节和重大成果并不是先有理论的，而恰恰是先在实践的过程中打磨出来的。港珠澳大桥近10个"世界第一"的创新、发明，就是靠林鸣和他的团队在实际施工中创造的。这个时候，理论后于实践被总结出来。

刚刚进入港珠澳大桥前期调研工作之时，林鸣有机会与交通运输部几位领导到日本等发达国家学习观摩他们的跨海大桥建设经验，印象最深的是日本东京湾横断公路大桥。它在日本被称为"东京湾水隧道"，实际上是由桥梁、隧道和人工岛3部分组成，与港珠澳大桥的形态相似，区别只在于这条9公里长的海底隧道用的是盾构法，另有 4.4 公里的桥梁和一个叫"川崎"的一公里多长的人工岛。全长 15 公里有余的大桥，尤其是岛隧相接的川崎人工岛那如诗如梦的夜晚景象，顿时让林鸣等中国专家们感叹不已：什么时候咱中国也能有这样的海上大桥，做个造桥人也不枉此生了啊！

　　造一条超过日本东京湾横断公路的跨海大桥，也就成了中国造桥人的一个梦想。林鸣也是这"追梦人"之一。当时林鸣印象最深刻的倒并不是东京湾跨海大桥壮丽的奇景，而是它岛、隧、桥一体的结构形态。"原来在海上造桥，可以由几种变换的结构来实现啊！"林鸣心头为之震撼。他在想：中国地大物博，陆海相近之地甚多，南有琼州海峡，北有渤海湾，更有大陆与台湾之间的辽阔海峡，这些地方一旦确定要建桥，桥、岛、隧结合的跨海大桥必定是首选。而这些穿越海底的隧道和连接海底隧道与桥梁的人工岛，必将是中国造桥人绕不过去的新课题。

　　现在，林鸣有幸参与港珠澳大桥前期调研准备工作，应该可以说是他在将梦想变成现实的征程上所迈出的第一步……早在这之前，中国人关于在伶仃洋上造桥和造什么样的桥、在何处造、何时造的问题，其实已经"扯"了几十年。

　　这是一段"极其痛苦"的历史——珠海市老市长、老书记梁广大这样说。

伶仃洋的水是苦的。伶仃洋上造桥的事也经历了极其苦涩的岁月与过程。"其过程比海水还苦……"所以林鸣才在建好大桥后跟我说了句很浪漫的话：现在他感觉伶仃洋开始变甜了。

从苦到甜的过程，是一个漫长而艰难的"苦恋"期。其中的沟沟坎坎，林鸣差不多都经历了……

前期调研的五年时间里，林鸣与专家们一起解决了各种复杂的工程方案问题。2009 年下半年，当国家批准大桥建设方案之后，招标便开始了。

林鸣所在的中交集团志在必得，是有力的竞标单位之一。身为中交集团总工程师的林鸣此刻有双重心态：一是交通部的领导期待拿下这个千亿元投资的国家工程，这既是业务，更是国家荣誉——世界级工程，国家队不干还有谁干？可对作为个人的林鸣来说则是另一种心态：我林鸣生为国家建大桥而生，死为国家建大桥而死，港珠澳大桥若与我林鸣无缘的话，我林鸣于心有愧呀！再说，近五年的专家组工作，他林鸣做的多数工作是为整座大桥出谋划策未来的"施工指南"方案，虽然此时大桥仍在图纸上，但他林鸣比任何一位工程师都了解和熟悉港珠澳大桥了。"我不干谁干？"在港珠澳大桥管理局局长朱永灵面前，林鸣已经不止一次说过这样的话。

其实"老伙计"朱永灵早就在盘算：论技术和实力，你林鸣和中交集团不干这大桥，我还能托谁嘛！但真到招标的关键时刻，他对林鸣照样毫不徇私："中标是关键，其他的只能看你们运气了！"

确实如此。像港珠澳大桥这样在"一国两制"条件下开展的三地工程，投资又如此之大，谁敢在工程招投标时玩点猫腻，那结果肯定比跳伶仃洋还惨。

2010 年 7 月开始，港珠澳大桥主体工程岛隧工程设计施工总承包向全球招标。一时间，国内、国际几乎所有的著名公司都陆续报名投标。林鸣所在的中交集团自然比谁都积极参与竞标。"林鸣啊，你已经在专家组帮忙了好几年，关于投标的事，集团公司就全权委托你去做了！好好准备，给我拿下这个项目。"

领导指的是"岛隧工程"段标。所谓的岛隧工程，指的是整个大桥的控制性工程，即港珠澳大桥最核心和最重要的部分：人工岛与隧道项目。这一块的长度虽不足整座大桥主体总长度的1/3，但建安费用却占了大桥总投资的一半。也就是说，"肉"都在这里。但对这块"肥肉"，一般投标单位都有些怵，深海中的人工岛和海底隧道，皆是世界级难题，有谁敢叫板？

"当然有啊，那些国际公司比我们有经验，他们敢拿！还有国内的大公司也敢，因为有的公司就是抱着'拿下来再说'的态度。这在招投标时非常正常。我们中交集团只能算其中之一。"林鸣坦言，招投标时，虽然他比有的公司更熟悉大桥情况，"但就是因为比别人熟悉和了解情况，说心里话，我们对人工岛和海底隧道工程上的技术问题更有惧怕心理……"

但，好将军怎么怕打硬仗、恶仗？林鸣自然比所有投标单位更认真地投标每一个细节。经过数月的准备，整个一大车子的标书编制并印刷完毕，等待送达广州的评标处。

"其实评标并不比打真仗差哪儿去！"志在必得的林鸣，说那段日子"紧张得要命"。

几天之后，全世界土木工程界关注的港珠澳大桥招标揭晓：林鸣所在单位中交集团中标其中的"肉段"——岛隧工程段项目。

交通部部长亲自给林鸣发贺电，共同庆祝交通部获得有史以来最大的工程项目，关键是承担港珠澳大桥控制工程的意义非同一般。

林鸣说："经过这个惊心动魄的投标、中标过程后，我有一句话想对同事们说，若有雄心壮志，世上无事不成。"

我则半开玩笑道："你林鸣的名字也好啊，'林鸣'就是'灵敏'！"

面对无数复杂的世界级难题，他真的也能做到"灵敏"吗？

林鸣一绝:定海神针

　　大桥开通那天,人们随着镜头欣赏大桥的曲线之美时,又有疑问——为什么55公里长的大桥既不是全桥梁,也不是全隧道,而是桥隧结合?港珠澳大桥不仅是世界上最长的跨海公路大桥,而且美感出众。林鸣告诉我,最初这并非设计师们的神来妙笔,而是因伶仃洋的"海情"和港珠澳三地的客观因素制约所致。

　　专家说,造跨海大桥,无非3种形式:全桥梁之桥,全隧道之桥,桥梁与隧道结合之桥。

　　挟珠江口的伶仃洋不仅在历史上留下许多让中国人不太舒畅的"怨事",其水域的特殊也让人头疼:比如它每天有4000多艘川流不息的航船,尤其是在大桥建设规划之初,广东和香港方面均提出了必须预留珠江口能进出30万吨巨轮的航道,甚至还提出要确保70米高的海上石油平台能够进出。这意味着什么?意味着港珠澳大桥最高处的桥梁必须高出海面 80 米左右。如此高度的桥梁，靠什么方式来拉固它呢？工程师们计算，得有 200 米高的"A"字形混凝土斜塔支撑。但造 200 米高的钢筋混凝土巨塔，其本身就潜藏着巨大的工程危险。工程师们忐忑不安。大桥附近的香港机场首先一票否决：他们的飞机航道上不允许有超过 88 米高的建筑，而规划中的港珠澳大桥位于香港机场航道的必经之地。别说香港机场，澳门机场对 200 米高度的桥梁也表示坚决反对。

55 公里全程海底隧道？伶仃洋海底起伏不平，地层结构复杂，建造这样一条全程的海底隧道，工程成本巨大，港珠澳三地的出资方一听造价，纷纷举双手"投降"……事实上，伶仃洋的海底地质情况也不允许有一条卧伏的隧道穿越其境，弄不好它的修建会对整个海域产生颠覆性作用，一旦如此，珠江口遭遇的灾难对整个珠江三角洲的经济与社会发展将会是毁灭性的。此责任谁也负担不起。

现在，留给工程师们可考虑的方案便是桥隧结合，也就是说，大桥的主体部分由桥梁与隧道两部分组成。

后来成为林鸣"难兄难弟"的大桥岛隧工程项目副总经理、总设计师刘晓东，于 2003 年底便受命参与了大桥的设计，刘晓东的上司是孟凡超，他们后来都成了林鸣最得力的左膀右臂。

"建什么样的港珠澳大桥一时陷入了困局……最后桥隧结合

之桥成了唯一选项。"刘晓东说,"其实这也并非最佳选项,因为伶仃洋的自然条件,限制了我们设计上的想象,这里没有一个现成的岛屿可供桥隧使用,得靠修建人工岛来满足连接海底隧道和桥梁的需要。但伶仃洋又是个典型的弱洋流海域,每年有大量的泥沙从珠江口倾入这里,若人工岛长度和宽度过大,则会起到阻挡泥沙流入大海的作用,水阻率一旦超过10%,日久天长,沉积的泥沙就会让伶仃洋变成一片冲积平原。这个灾难性后果不堪设想……"

工程师们又开始不停地设计、再设计;推翻之前的设计,又重新进行设计……但设计好以后,还得试验。失败了的等于白辛苦,但成功了的也未必就获得通过。所以刘晓东和孟凡超等专家们的前期工作,是一场没有结果,也无法结束的战斗,一直到林鸣出现,他们才算喘了一口气。

"因为林总他们一出现,就意味着工程要实施了。"刘晓东笑得有些"幸灾乐祸"。他知道,像港珠澳大桥这样的工程,无论全桥建设,还是某一个局部细节,都是"世界第一",也就是说,连世界上最了不起的造桥专家都没有干过这样的活儿。林鸣他们等于拿了一份"纸上谈兵"的设计,他和他的队伍就要这么去攻。

"其实连'纸上谈兵'都说不上!我们后来中标的岛隧工程是设计施工总承包。"林鸣觉得很冤,因为他承担的港珠澳大桥控制性工程——岛隧项目是边设计边施工的工程，也就是说，所有难题都得由他们这些造桥工程师凭着自己的智慧和能力，去动手动脑解决。林鸣因此一直认为，实践是土木工程的根本，现场经验是一名优秀工程师的"真枪实弹"，离开了它，所有的理论可能就是花架子了。

"工程师是什么？工程师是一个在认真注重自然环境又关切经济效益条件下，对创造、创新工作极端负责的人，这样的人应当有担当、敢冒险，又能在平息风险中创造奇迹……"林鸣在谈到工程师身份时这样讲解。

空前的港珠澳大桥建设之初，他便面临了这样的风险与挑战：几公里长的深海沉管岛隧工程，中国未有，世界未有。所有的过往经验，都只能是一种参考。海中建一段可以上行巨轮下走车流的海底公路隧道，需要的是两头有连接的岛屿。

人工岛的概念就是这样产生的。通常人们所说的人工岛，一般是在小岛和暗礁基础上建造，是填海造地的一种。人工岛大小不一，由扩大现存的小岛、建筑物或暗礁，或合并数个自然小岛建造而成。当今世界上的许多人工岛中，已经有了在大海中独立填海而成的小岛，它用来支撑建筑物或构造体的单一柱状物，从而支撑其整体。既有固定不动的人工岛，也有浮动的人工岛，前者可以在上面建房屋甚至造城，后者相对微小得多。

　　港珠澳大桥由于顾及原有的海中航道，所以需要在远海中建两座相距几公里长的人工岛，并通过两座人工岛连接海底沉管隧道与桥梁，以确保巨轮的航行和海豚栖息不受影响。这就是林鸣所承担的大桥岛隧工程，它直接影响到整座大桥的建设。道理非常简单：没有人工岛，建不了海底隧道；没有海底隧道，港珠澳大桥就不成其为桥。

　　世界上建人工岛的事并不鲜见，许多临海国家，为了减少土地压力，扩展生存空间，"海上人工岛"便应运而生。如阿联酋迪拜的棕榈岛，它就是靠人工吹沙技术填出来的人工岛。面积十几平方公里的棕榈岛，伸入阿拉伯湾5公里左右，由1个棕榈树干形状的小岛和17个棕榈树枝形状的小岛，以及围绕它们的环形防波岛3部分组成，造型独特。该岛已成为世界上最具标识性的人工小岛，曾被列为"世界第八大奇迹"。在美国佛罗里达州，也有一座座人工小岛衔接而成的社区，如今已经住了许多居民。在日本神户，当地政府为了适应对外贸易发展，花巨资建起了一座海上岛屿。值得一提的是，神户人工岛是当时世界上最大的一座人造海上城市，曾有"二十世纪的海上城市"之美誉。

　　林鸣他们所要建的人工岛，与上面这些人工岛不一样的地方，其一是要建在深海；其二建岛的目的是连接桥梁和海底隧道，要求完全不一样。大海深处，险情莫测，随时可能出现意想不到的人所不能把控的情况。《老人与海》的作者海明威曾经说过这样一句话："大海一旦发怒，就是一头妖魔，那时你再想制服它，已是不太可能。"

可是林鸣在当时遇到过两件极其困难的事：一是建什么样的人工岛；二是时间。对于前一个问题，按多数专家的意见，在伶仃洋上建造用于连接海底隧道与桥梁的人工岛，通常是抛石垒岛。此法很传统，也很管用。但缺点是，伶仃洋上不能用——首先是几百万方的石头抛在大海里，将有多少运石船在这一繁忙的航运线上行走，届时会影响整个珠海口的正常航行。其二，如此巨量的石头抛海填岛，对海域环境的破坏毫无疑问是巨大的，尤其是海流与海豚的保护将成无解之难题。再者，抛石填岛，按两座人工岛的填土量计算，工期将不会少于三年。

"三年？我整个岛隧也只有七年多时间，一个筑岛环节若用去近一半时间，沉管隧道的安装还不得用上十年、二十年之久……没人许我这么多时间！"林鸣心急如焚，因为大桥的全部工期要求是 2017 年年底完工。林鸣又一次面临唯一选择：必须采用其他方式进行"快速成岛"。

"大海筑岛，又不是游泳池内砌人墙，拿着几个游泳圈排一排就成事了！"有人如此嘲讽舍弃"抛石法"而另辟蹊径的痴心妄想者。林鸣则不以为然。他在想，倘若真能像游泳池里砌人墙一样简单的话，这人工岛不是又快又省事嘛！

他找到中交集团搞这行业务的"老大"单位的专家去商议。这里说的中交集团搞设计的"老大"单位，其全称为中交第一航务工程勘察设计院有限公司（以下简称"一航院"）。该设计院在水运工程勘察设计方面具有强大的实力，拥有像工程院院士谢世楞等一批国内外著名的设计大师，毫无疑问，将人工岛的工程设计交给他们是林鸣的首选。林鸣怀着虔诚之心来到一航院，如此这般地与他们的专家们交流了设计人工岛的任务和他个人的想法。

"我记得非常清楚，2007 年我刚当上一航院总工程师才几个月，林总就邀请我们参与他主抓的大桥岛隧工程初步设计这一块，这把我们全院兴奋的！"一航院总工程师季则舟回忆说，"接任务后，林总就要求我们放开眼界，多学一学世界上相关的先进设计技术，于是就马上参加了集团组织的第一次到日本学习的出访活动。出发时林总也到了机场，开始以为他亲自带队呢，结果在出关时林总朝我们挥挥手：就拜托诸位了！原来他是专程来送我们的。这一次我就觉得他对这项工程无比重视，是个比较务实的人……"

"大桥前期的初步设计工作十分紧张，错综复杂。那时我们都为了中标的事投入了极大的精力，尤其是一航院这个团队，他们在北京顺义'太阳城'小区的近十个月封闭式突击中，那真是没日没夜地工作……"这是林鸣对一航院技术团队留下的最初印象。

中交联合体中标大桥的岛隧工程后，一航院技术团队又是第一个赴珠海挂牌。年轻的总工程师季则舟带着一批平均年龄三十多岁的年轻专家开始驻扎珠海。

"那时工程刚刚起步，为了省钱，我们就在中山大学珠海校区的招待所租了顶层的几间房作为设计工作室，从此开始了一场似乎没有头绪又漫无边际的设计……"季则舟说。

"以前我们院对深海域上建人工岛没有经验，国际上也没有像港珠澳大桥工程中这种软土条件下的岛隧工程先例，所以我们接受设计任务后，只能是一边看些有限的参考资料，一边听取专家们的意见，但专家们的意见也很不一致，因此最终只能靠我们自己摸索着干……"时任技术负责人、一航院副总工程师刘进生说。

"摸索就像在海上寻找方向一样，会出现些迷茫。一迷茫，你就不得不寻找各种可能，一旦寻求各种可能后，工作量就是成倍成倍地增加。"季则舟说，在珠海"中大（中山大学）"招待所设计的那些日子，全团队从来没有星期天和节假日，"除了吃饭，大家都一直坐在办公室里。后来学校的师生都说我们那个工作区是'不夜楼'……"

那时的林鸣已经很忙了，但他仍然少不了跑到季则舟那儿，并随时找来些专家与年轻的设计师们一起讨论方案，一航院的老专家也频繁到珠海讨论指导。然而，科学是严肃的，大桥工程的每一个设计与决策是严肃而严谨的。作为岛隧工程总承包人和总负责人的林鸣，此时想得最多的两件事是：能够快速上马、不耽误工期和符合大桥建设所需要的最佳设计方案，以及可控、合理的投资成本。

人工岛建设何时上马、什么样的设计能够实现既快又好同时又省的方案，成了林鸣一刻也不能再耽误的当务之急——每一次从季则舟他们那里出来，林鸣的心头有些纠结：按照一航院目前的设计思路，虽然稳妥，但施工期长，显然很难实现他心目中期待的"既快又好同时又省"的目标。怎么办？还有其他更好的方案吗？林鸣内心有些焦虑起来。从冬到夏，林鸣整整等待了半年，他坐不住了！而就在这个时候的一次技术讨论会上，有人提出一个"大圆筒"的思路，引起了林鸣的关注……

一直到了这年的10月，林鸣在北京的中交集团"总工"办公室里正要往外走时，被迎面进来的两个人挡住了。年龄不算大的中年男子叫廖建行，林鸣和他见过一面，虽说不上名字，但算是认识。另一位长者，林鸣则完全不认识。

"林总，他是我们四航院的技术权威王大师，王汝凯大师。"廖建行介绍道。

"不敢当，不敢当，老朽王汝凯已是退休之人……"长者一副谦逊之态，让林鸣心头产生敬意。

工程师与工程师交流，除了工程还是工程。此时的中交集团上下，近一半人在为港珠澳大桥工程忙碌。同样，廖建行和王汝凯出现在林鸣办公室，目的依然是大桥工程。

"王大师，您对工程有何高见？"当林鸣得知王汝凯是"文革"前的老"天大（天津大学）"人，顿时喜从心头来。因为学工程的林鸣知道，天津大学的土木工程专业，自"北洋大学"（"天大"前身）时期就有名气。

"是的，我就是'文革'前的天大'圆筒派'，陈满加教授是我的指导教授，他是中国第一个在土木工程上运用圆筒的学者。之后有个博士班，全是搞工程圆筒的，我是其中之一。当年我调到四航院来时，陈满加教授就跟我说：你到四航院好，南边的海上工程会越来越多，你就在那边推广圆筒吧。这不，后来我来到四航院后，就在长江口和小南沙蒲州大酒店都搞过圆筒建筑……"王汝凯真是一代学究，说起自己的专业就滔滔不绝，这让林鸣感到格外高兴。

"王大师，你们的圆筒有成功的吗？"林鸣问。

"蒲州大酒店的是完全成功的。长江口的那个大圆筒算是成功了一半，但最后因为台风倒掉了……"王汝凯乏了些底气道。

"为何失败了？"

　　"给的费用少了！4个12米直径的大圆筒，才给3000多万，而且又是用的混凝土……"王汝凯显然很不服气，又补充道，"从技术上讲，当时还是缺了大圆筒的护基。"

　　林鸣并没有在意王汝凯对于往事的悔意，相反异常兴奋地追问："大师，您认为我们港珠澳大桥可以用大钢圆筒筑岛吗？"

　　"当然可以！而且完全可以！"王汝凯的眼睛一下亮了，冲林鸣说，"林总你只要不缺钱，这个大圆筒任务就交给我们四航院，交给我们……"说完，王汝凯转头看看廖建行。

　　"对，对，林总，您交给我们四航院吧！我们上有王汝凯大师这样一批前辈，下有梁桁等年轻工程师，保证按照您的要求把人工岛拿下来！"

　　林鸣站起身，紧握住四航院来的两位工程师的手，满脸喜悦。

　　林鸣轻轻地将王汝凯拉到一边，说："现在我要您王大师回去，在三个月时间内做一件事……"

　　王汝凯"嗯嗯"地竖起耳朵。

　　"您要帮我马上做一个大圆筒不可行方案出来！"林鸣说。

　　"啊？"王汝凯吃惊地看着林鸣，不明其意。

　　林鸣笑了，然后详解道："您是大师，又是圆筒专家，从您这儿获得大圆筒不可行的理由，那它一定有不可行的地方……"

　　恍然大悟的王汝凯连连点头："明白明白！回去立即动手……"

说着，拉着廖建行就要往外走，"咱不打扰林总。"

林鸣连忙拉住两人："还有一件事，等我到广州后，一定要去见见那个梁……"

"梁桁。"廖建行说。

"对，对，我要见见他。"

林鸣与四航院的两位工程师细谈"圆筒筑岛"的思路后，心头顿时犹如闪出一道彩虹——圆筒筑岛，虽无先例，风险似乎也会大些，但一旦可行，其工效肯定比传统的筑岛法要快得多！能快速筑岛成功，就意味着抢回了工期。抢回了工期，就是最大的"省"！

此时的林鸣已经对如何建人工岛有了明确的方向，只待王汝凯大师的反证裁决。

手指上点着时间——三个月后，王汝凯向林鸣报告：大钢圆筒方案没有不可行，也就是说没有否定它的理由。

"真的没有否定它的理由？"林鸣一阵兴奋，又有些不放心地问王大师。

"有啊，但问题又被我解决了！"王汝凯非常自信地道。

"太感谢王大师了！"林鸣无比感激地紧握住王汝凯的手，因为这等于他选择的大钢圆筒筑岛方案，现在可以正式向业主提出并实施了！

专家论证会议在听取王汝凯团队的报告后，很快一致认可了林鸣的方案。

"林总，你的大钢圆筒法，犹如定海神针，一旦成功，堪称世界独一份！"方案通过的那一天，搞了大半辈子圆筒工程的王汝凯兴奋地跑到林鸣那里，涨红了脸这样说。

"定海神针！嗯，大师这比喻好。"林鸣连声称好。

"我还要见见那个梁桁！"林鸣请王汝凯转告他所在的四航院单位，尽早把那位叫梁桁的年轻工程师招来——这个时候林鸣需要极能打仗和富有智慧的设计团队。

中山大学珠海校区的商务酒店，廖建行和王汝凯带着一位文静的小伙子来到林鸣面前。"他就是梁桁。"

林鸣看了一眼站在他面前的年轻工程师，老实说，这第一眼就让林鸣看得很满意。不过他并没有表露任何声色，而是严肃地让其他人都出去，只留他和梁桁一个人对话。

林鸣问："梁桁，你对工程师的身份有什么理解？"

"工程师是认真负责，永无止境地创新、创造的人。"

"你喜欢自己的职业吗？"

"喜欢。因为我比较追求实体之美。我们工程师可以建造一样东西，它能一直立在那里，不偏不倚、不增不减地挺在万物可见的地方……"

"那么你认为传统的抛石筑岛法为什么在伶仃洋上就行不通?"

"这里面有一笔账非常清楚:在我们要建桥的海底有15～20米厚的淤泥,它们软得像豆腐……如果将石头抛入其中,加上海水的流动与冲击,很多石头就会滑走。这样就必须考虑先把豆腐一样的淤泥挖掉,可挖这些淤泥的代价实在太大,因为整个大桥岛隧部分的海底约有800万立方米的淤泥。这巨量的淤泥等于3座146米高的胡夫金字塔,需要搅动海洋多少时间,动用多少力量呀?而且对伶仃洋的破坏将是灾难性的……所以林总最早反对抛石筑岛法是完全正确的。"

"那么,如果我们采用大钢圆筒深插筑岛,你能有什么办法让大钢圆筒底下的基石保持稳定?"

"当然有的……"年轻的梁桁如此这般地讲了一大通他所认为的圆筒筑岛理论。

林鸣一抬腕,看了看手表:十五分钟。便抬头朝小伙子笑笑,说:"就你了。梁桁,你准备到珠海来上班……"就这样,林鸣收获了一员年轻的大将。而对梁桁的起用,也让林鸣对四航院有了全新的认识。

"老实说,即使到现在,虽然我们大桥已经建得很好,后来证明圆筒筑岛方案也是对的,但我内心总还感觉欠了一航院些东西……"林鸣不止一次这样表达。

他告诉我，当时他作出在人工岛设计上"弃一用四"（放弃一航院，启用四航院）时，一航院还在担负一个极艰巨而繁重的任务——海上勘探。"这也是个苦活累活操心活呀！"林鸣说，"为了完成任务，一航院调动了全院主要勘探力量来到珠海。在珠海海上勘探不那么容易，开始他们来了10条船，进度比较慢，这会影响后面的设计。所以我要求他们马上换装备，但这是花钱的事，可一航院为了大桥的大局，最后还是换了勘探大船，进程一下就上来了！"

"虽然最终没有采用传统筑岛方案，但我们在初步设计中提出的斜坡式岛壁、挤密砂桩处理软土方案，潮位波浪、越浪、沉降等设计标准在最终设计中均被借鉴采纳，因此能为港珠澳大桥这样的世纪工程做些探索性的基础工作，能够参与并做出一份贡献，还是蛮自豪的。"季则舟说。

"一航院和他们的技术团队是个识大局、顾整体的集体，他们在大桥和岛隧的前期工作中的贡献无人可抹杀。即使筑岛工程的设计最后没有用上，但他们在海上人工岛的方案设计上的探索与努力仍然留下了宝贵的借鉴意义。"林鸣如此肯定道。

这都是后话，现在，林鸣需要尽快让圆筒筑岛的新方案迅速进入实施。

"晓东，你赶快把四航院的王大师、梁桁，还有那个陈鸿一起调过来，由你任总设计师，王大师当你们的顾问，那两人当你的助手。你迅速组成岛隧设计团队，赶紧把名单报集团，让北京方面马上批准，越快越好！"林鸣指示人在北京的刘晓东。这之后的十几个小时里，林鸣便把未来几年所要干大事的设计班子搭了起来，并且获得了中交集团的认可。

"事实上搞工程就是这样，团队不能齐心协力，再小的事都可能搞垮。而一个心往一处想、劲往一处使的团队，才有可能干成世界上别人都干不成的天大的事情。港珠澳大桥的岛隧工程之所以做得如此顺利和完美，就是我用了以刘晓东、王汝凯、梁桁等为代表的一批优秀设计工程师……"林鸣在接受我的采访时，对与他并肩战斗数载的设计团队的战友们如此深情地感谢道。

后来，我又跟林鸣讨论过关于工程过程中"用谁、不用谁"的得罪人的问题。"整个建设的过程中，千军万马上阵，选择谁上、不选谁上，其实对我来说，只有一个标准：哪个方案、哪批人更对大桥建设有利。得罪人是必然的，不得罪人就该得罪大桥工程了。"林鸣说完这话，又话锋一转，道，"其实，事情过后，许多被我得罪的人或者单位，我们后来都成了更亲密无间的战友和朋友了，因为大家最后都能想得通，都是为了大桥……大桥工程的完美成功，是最大的人情，大桥越完美，我们所有参与工程的单位和人之间的'人情'也更深厚、更真挚！"

看得出，在人情与工程面前，林鸣绝对不会被迷惑与混淆。他能够担起这顶天立地的大工程重任，而且从未被压垮过，这也许与他这种不可动摇的职业意志大有关系。

当大钢圆筒方案与设计被林鸣领导下的团队确定之后，寻找大钢圆筒制造与施工的可能性，又成了一大问题。你想想都感觉不太可能：要在大海深处竖一排 18 层楼高的大钢圆筒，将它们一个个按设计要求，排列成珍珠项链形状的 2 个大圈子——其实当时从空中往海上施工现场看，这 2 个用大钢圆筒排列成的人工岛雏形，就像当地农民菜地用的大篱笆……

"每一个大钢筒都有 50 米高，直径 22 米，重达 550 吨，横着倒下去，就占了一个半篮球场，竖起来就是 18 层楼高。这样的一个庞然大物，中国没有人造过，世界上也从来没有过，更不用说谁用过了！林总他们想出来的奇妙快速筑岛法，其实对于制造和安装大钢圆筒来说，就是个创新攻关过程，而每一个环节的攻坚克难，都是一场要命的战斗……"总设计师刘晓东感叹道。

最初的想法，当然是在距大桥越近的地方制造如此大的钢筒越好。但寻遍珠江三角洲，没有哪个企业制造得了这般庞然大物——而且林鸣要求的质量，都是绝对的世界一流，寿命长达一百二十年。

广东这边没有哪家敢揽这活儿。天津原来有一家做过大钢圆筒，不过也就是十来米直径的钢筒，但这个厂现在不行了，做不成。还有其他地方吗？天津的老厂不行，广东附近没有，剩下只有一家——上海振华，据说能做。

上海振华当然是独一无二的装备制造大企业，又是中交集团自己的企业。但有人提出，从地处上海长兴岛的振华到珠海伶仃洋，全程约1600公里，行程是否太长？谁载得动这样的"大东西"航行于大海之上？这又是个严峻的问题！

林鸣和上海振华被同时问住了。林鸣看着振华的代表，振华人朝林鸣点点头："我们既然能应下你的活儿，就有办法把'大东西'安全运达珠江口。"

林鸣笑了："那就这样定了！"

但这回林鸣碰到了绕不过去的事，一航院提出了不同的方案：上海距离珠江口约1600公里，为什么不选离大桥近一些的地方搞大钢圆筒嘛！舍近求远为啥啊？

官司打到中交领导那里，林鸣被责问。

尽管心头生气，林鸣也只能忍气坦言："我想的是确保大桥建设的工期。振华有这个能力，一个月生产20个或更多的大钢圆筒。如果我们新建一个基地，不说要征拨一块六千亩大的地方，谁又能保证那个新地方一个月能生产出20个大钢圆筒来？如果谁能保证，我就让谁做！"

　　最后还是林鸣胜利了。上海振华成为唯一可以生产制造大钢圆筒的基地。虽然是在 1600 公里外的上海，但林鸣心头踏实了许多。振华后来每个月生产出 16 个大钢圆筒，也让林鸣彻底放心了。

　　干大工程与打大战役一样，林鸣需要的是成功与时间，不可能什么事都听这论那。科学决策，果断决策，是他作为大战役"司令员"必须具备的工作作风。中交集团也赋予了他这种权力，条件是必须成功。倘若失败了，你林鸣吃不消的。

　　林鸣清楚这一切。大桥建设的速度和时间，不可能给他任何决策上的犹豫余地。然而，决策后又都是千头万绪的具体工作……且不说振华那边用的什么办法将这厚达 1.6 厘米、高 50 米、宽 70 米的巨型钢板焊接起来，又如何圈成大钢筒的——振华的人告诉我：仅此就足够你写一本 10 万字的书！

　　这难题交给振华的工程师去攻关吧！多说一句：这中间既有钢铁制造上的科技问题，也有焊接工艺上的匠心手艺。据振华讲，为了这些"顶天立地"的大钢圆筒工艺，振华动员了自己企业许多老工匠"重上战场"。这情景没能实录下来，真是一份遗憾，它一定可歌可泣。想想，一群老匠师，蹲在地上，手持火焰熊熊的焊枪，将一块块半个足球场大的大钢板曲卷并焊接成林鸣他们施工所要的巨型钢圆筒的工作情景，是多么惊天动地啊！当这些大钢圆筒一个又一个被制造完成并站立起来——共 120 个屹立在振华厂区的那一瞬，该是何等气壮山河的情形啊！

超大型钢铁结构物，有时仅仅多出一个技术指标，就有可能是一道世界性难题。直径22米、重约550吨的大钢圆筒在插入大海时，并非像插筷子似的往海底一插那么简单。光筒与筒连接点的止水，就有两道工序是世界级难题，其中之一就是必须在大钢圆筒外侧为嵌入副格预留4个榫槽。如此一来，每个榫槽的精确度就又成了一道难题。一航院港研院施工技术与自动化研究所工程科研人员，用四个多月时间创造性地研发出了一套GPS定位系统，于2011年4月在长兴岛振华基地调配成功。这收获让林鸣笑得合不拢嘴。

当然，这时的林鸣面前还摆着一件更让他头疼的事：那就是，靠什么能让大钢圆筒在大海里完成"篱笆阵"的摆放，即如何将如此庞大的钢铁大家伙牢牢插入深海之后筒与筒之间不渗水。

工程师们管这一工程技术叫"密封止水"。

几经调研、讨论和研究，占有技术优势的日本报价超过3亿元人民币，还得自力更生……

"晓东、梁桁，尽快把制造副格的基地建起来……"林鸣说。

"我们有方案，离珠江口比较近。新会，这里距我们的工地不远，而且又是历史文化名城，各方面基础条件也不错。"刘晓东和梁桁把似乎早已准备好的地图摊到林鸣面前。

"这里是梁启超的故乡。"林鸣一语点破。

"对，梁启超的故乡。"刘晓东已经不止一次对历史知识丰富的林鸣心生敬佩，"我们所选的副格制造基地距崖门大桥不远，比邻相望……"

"这座桥我熟悉，曾经是雄居亚洲第二的双塔单索面结构桥梁……"林鸣一边看图，嘴里一边喃喃着。

"对，就是那里。"刘晓东报告道，"如果林总批准，我立即组织一航院的人即日开赴新会，尽快把副格制造基地建起来！"

"就这么定了。副格制造关系到我们的'定海神针'插入大海之后能不能确保筑岛成功的问题，所以要抓紧。"

工程开始之后的每一刻，就像一场大战役拉开了序幕，每一分钟都有可能影响到整个战局。

转眼间，新会副格基地已经热闹起来。所谓副格，是指大钢圆筒之间的连接钢结构，它起着固定两个圆筒并止水的作用。我们已经在前面说过，大钢圆筒有18层楼高，横截面如半个球场，将如此庞大的钢铁圆筒坚固地连接并止水，就是工程技术上所称的"副格"。虽为副格，但个头上必须同是50米高，体形上则如弧形的钢铁"翅膀"……世界上没有可借鉴的技术，对钢板的技术要求也是一片空白，一切都得靠中国工程师自己创造与制造。孙建国、吴致宏带领的年轻工程师团队平均年龄只有二十八岁，他们来到基地后便开始了为大钢圆筒铸造钢铁"翅膀"的紧张工作。年轻的基地年轻的心。一航院一公司的一群"八〇后"小伙子甩开膀子与天、与海赛跑,仅用一个月时间就奇迹般地完善了厂区设备生产条件。在完成第一片副格成品之后,又调整战略,创建双线并发的生产线,从而使一日产2片副格上升到一日产7片的战果。

然而,大钢圆筒筑岛的复杂性仍在一步步逼近。现在,他们面临如何将大家伙插入海底的工序,这一工序在工程上叫"振沉",即通过强大的振动力量将其沉下的过程。

让我们张开想象的翅膀,想一想你眼前有一个18层楼高的钢铁巨筒,要把它往下沉压几十米,你有什么办法?大家肯定想到了用千斤巨锤!但这千斤巨锤又由谁造?而且千斤巨锤真的能把如此巨大的钢铁大筒压入海底吗?怕是牙签掏水泥地,一点儿用都没!

怎么办?工程师们有办法,他们想到了一种振沉器。就是用电流振荡的力量代替千斤顶或巨锤,将如此庞然大物下压使其沉降。但这种工程技术和设备中国没有,日本和美国有。林鸣立即指示项目工区的孟凡利工程师出面"世界采购"。孟凡利马上带领专业队伍,前往日本和美国与相关制造商接洽,结果认为还是美国 APE 公司的产品更胜一筹,但也贵不少。

"就订APE的！"林鸣当即决定，因为他清楚，不是所有的好东西都值得自己去造。时间、条件等限制诸多，能省事省时且确保大桥工程质量领先世界水平，寿命至少一百二十年，这才是他林鸣最关心和最应该考虑的核心问题。而且国家也给出了相应意见：用世界上先进的技术和设备，若没有这样的技术和设备，那么我们自己造。但绝不能等，因为"时间同样是金钱，甚至比金钱更贵重"。林鸣比谁都关心大桥的核心问题。这中间既有经济的考量，也有政治的因素。

港珠澳大桥生来就不是一般的大桥。它既是工程上的世界一流大桥，又是国家制度上的超体制"大桥"——关联三地的人心大桥！

看似极简单的大圆筒向下沉插，其实工程复杂得让世界顶级工程师们都常感束手无策。下沉庞大的钢铁圆筒，必须靠几台振沉器联合发力方起作用。那么有没有这样的振沉器呢？

美国APE总裁对前来洽谈的中国工程师抱有真诚合作的意愿。但林鸣他们设计的大钢圆筒每个都在500吨以上，需要6台这样的振沉器。

"8台吧！用8台保险！"林鸣说。

且不说8台，就是6台振沉器，要让它们联合发力，这工艺APE也没有做过。现在中国的港珠澳大桥筑建人工岛却需要8台联合振沉器，这必定又是一项科研工程。

副格攻关的试验现场放在中国的天津，因为中交集团的一航院在那儿。孟凡利带领团队就在津门攻关。关于攻关的复杂内容，孟凡利能说他个三天三夜，什么副格如何组装，如何整体下沉，如何锁口连接……他能列出 100 个难题，这些难题都得在试验场地上解决，否则一个 18 层楼高的大钢圆筒放到海洋深处，一旦<u>左</u>右不是，林鸣不会轻饶！

林鸣一次次从珠海打来电话，问孟凡利试验得怎么样了。孟凡利一开始说差不多了，所有用到的设备已经基本齐全，2 台振沉"大锤"已经从美国运到天津了，只等拆箱安装后就可以试验了。

几天后，林鸣又来电话催问孟凡利。孟凡利说："没问题了，都安装完毕，隔日可以看效果了！"

这是林鸣最为关心的事：2 台"大锤"，必须势均力敌同步着力，不得有<u>丝</u>毫失衡，方可将钢板副格齐力往地底下插……若有一台"大锤"用力不均，就会让整个副格瞬间变成"鸭蛋"或者"鸟蛋"，那大桥的人工岛建设就要彻底完蛋！

林鸣人在珠海，心却牵挂着天津的副格振沉下压的试验现场。自大桥开工第一天开始，他就必须把每天的时间分成二十四小时来计算整个工程几千道工序、几百项技术的进展情况，然后一一算入工期之中。一环失算，环环失误……他的脑子必须如计算机一样地高速运算着，即使如此，仍然还有一个又一个中途冒出来的新问题，不断给他的这种"运算"加进新内容、新课题，于是原本不可变的时间变得越来越短了，短到常常让他有种窒息感。

"振沉器一开，副格的钢板振裂了……"孟凡利哆哆嗦嗦地在手机那一头报告。

"怎么会？到底什么问题？"林鸣的头"嗡"的一声巨响。副格的钢板开裂，这振沉不下去，人工岛该如何建啊！

孟凡利回答他："没……没弄明白到底是怎么回事。美国的大卫先生也急得不知该如何是好，我们正在一起找原因呢！"

这消息非同一般，假如联合振沉设备不能确保大钢筒和副格下插成功，这人工岛怎么搞？人工岛做不出来，拖个三年五载，这大桥何时才能建好呀！林鸣一想到这些后果，一团团心火就冲到了脑门。那天夜晚林鸣翻来覆去睡不着。远在天津的孟凡利那一大群试验人员就更不用说有多惨了！除了林鸣、孟凡利他们这些中交人被副格的试验失败逼得苦不堪言，那位卖货给中国的老外、美国公司的大卫先生也开始着急起来。他作为 APE 公司专程派到中国协助联合振沉器安装与试验的工程师，现在"大锤"出了毛病，他自然脱不了干系。

半夜里，大卫突然醒来——他想到了试验失败可能的症结所在：振沉器密密麻麻的齿轮……是不是齿轮没有调对所致？想到这儿，大卫一个鲤鱼打挺就往外跑。试验现场，大卫把自己想到的问题与孟凡利一说，两人立即动起手来，随即，一群工程师也跟着动起手来——这就是我们看到的工程师，他们既有满脑子知识，又有一双能干的手。很快，问题果真找到了，原来一对齿轮差了两小格。就这么一点点毛病，差点毁了 120 个"钢铁巨人"的诞生和整个筑岛计划！

试验成功的那一天，孟凡利团队的 18 条汉子竟然抱头痛哭，哭得连自己都羞了起来。

4 月 12 日，西雅图发来的 21 个集装箱的"大锤"装备陆续抵达长兴岛。一航院派出的"振沉班组"如猛虎下山，领队的是五十七岁的老将郭宝华。此人干过王汝凯大师所说的中国仅有的两处大圆筒振沉工程——长江口的航道整治中那个直径 12 米的混凝土圆筒，和蒲州大酒店的那个直径 13.5 米的护岸钢圆筒工程，算得上中国仅有的几个具有圆筒振沉实战经验的老工程师之一。"你们就给我调老郭这样的伙计上阵！"林鸣当初从王汝凯大师那里听说一航院藏有这样的特殊人才，便想尽办法让人挖这样的"古董"。郭宝华果然深孚众望，老将上阵一个顶仨，21 个集装箱的货物，他带人仅用两天时间就完成了"叉车掏箱"的任务，让美国 APE 公司的人看得目瞪口呆，连声道："中国工程师劳动技能超强！"

　　8 台"大锤"的组合联动是件非常复杂的工程工艺。"大锤"的正式名称叫 APE600 液压振动锤，它的振动力主要是靠液压作用。而大钢圆筒的这套液压振动系统不说其他，单说锤组和动力站之间所需要的高压油管就有四十多条，每一条油管长达 150 米。而且这些麻线团一般的长油管，它们还分回油管、泄油管等好几种管，相互之间必须准确无误，哪怕一根油管出差错，影响的也是整个大钢圆筒振沉的平稳。加之 8 台振动"大锤"需要同时联动，涉及数百吨重的大吊架、共振大梁、同步装置和振动锤本身等系统，近千吨的"大锤"系统，要做到步调一致、分毫不差，绝非易事。郭宝华凭借丰富的经验现场摸索，指挥振沉班组的 18 位年轻小伙子，苦战十个昼夜，空载试振一举成功。

　　5 月初，装载 8 台"大锤"的"振驳 28"隆重起航出港，锣鼓和鞭炮声响彻长兴岛。

　　然而，搭载大钢圆筒的船只却迟迟未动——从上海长兴岛海域到南海的珠江口伶仃洋，全程约 1600 公里，途经台湾海峡，八级台风几乎是不可避免的。一旦遇上，18 层楼高的大钢圆筒，肯定连船带筒被掀翻在大海之中……最终振华启用最大的拖船——血红色的万吨巨轮"振华 16 号"拖船来装载林鸣所要的第一个大钢圆筒。

　　载着第一个大钢圆筒的万吨巨轮"振华16号"从长兴岛出发之后，一路南下，风平浪静，让前去珠海口迎接的林鸣乐得嘴巴合不拢，一个劲地给船上所有船员鞠躬致意。"以后，你们每运一船来，我就到珠海口接你们一回……"林鸣许下这诺言之后的一年里，振华运载大钢圆筒十余次，他没食言过一次。船老大们戏称林鸣这是给大钢圆筒"接生"来的，而且总也不空手登船：冰箱、米袋、蔬菜柜，他都要让一起上船的基地工作人员给船老大们塞得满满的。

　　这是题外话。我们把注意力拉回到大钢圆筒海上驳运的艰难险阻上——

　　"第一个大钢圆筒历经约1600公里，安全抵达伶仃洋。我们以为走这趟海路并非有那么多的艰难困苦，加上前方林总他们筑岛的工期一天比一天紧张，所以有了第一次试探性的成功运载后，我们就开始第二次正式航运了。这回一共装载了9个大钢圆筒。这也是根据事先计划的方案执行的，因为整个港珠澳大桥岛隧工程东、西两岛筑岛所用的大钢圆筒应该是120个，按时间和船载能力，正常一次装载8～9个……"振华人这样告诉我。

　　"哪知，第二船还是出了大事……"这事是林鸣告诉我的，"那一船在拖运过程中还算好，左躲右避，几场台风在途中被船运师傅们给机智地躲了过去。哪想到了珠海口后，装运的大船在海面上定好位，抛下 4 只大锚，每一只大锚有 220 吨重，它们都要埋进海底十多米。船老大们以为这就够结实了。哪知半夜伶仃洋海面上刮起一阵大风，还不是台风。这风一刮，陷在海底软土里的大锚就动了……一动船就不能左右了，船老大们急得直跺脚，可也没有办法。因为船上有 9 个大钢圆筒竖在那里，像一垛巨大的樯帆，如果这个时候顶风或侧风逆行，必定会有翻船的危险。船老大一看不妙，立即指挥船员动用各种家伙，砍断锚绳，让大船顺着风往后跑，一直在海上跑了五百多海里，跑到了南海海面，最后才算免于一难……"

"所以我一直说，要想在大海上顺顺当当施工做事，你就一定要用心，要从心底里顺应大自然，敬畏大自然，不能有任何忽悠它的念头。"林鸣的话让我深谙其意了。

现在该开始"放筒"了吧？我在想：等了一年多，这大钢圆筒总算给林鸣像接新娘似的接到了伶仃洋，是该到"入席"的时候了吧？

"大工程建设不像孩子搭积木那么简单！你是把大家伙钢圆筒做好了，振沉器也配置上了，但，一个大钢圆筒就是五百多吨，你得有相应的大起重船。现场施工所要的这些装备一个也不能少，但它们都不是哪个单位生来就为我们准备好了的。"林鸣说，"我们就问振华有没有。他说有，但你得派人来谈……"

"谈啥?"我有些好奇,心想:既然有,就拉来干活呗!

林鸣笑:"不行啊,都是市场经济,你得来谈钱,而且还得看谈得如何。"

"它振华不也是你们中交集团的吗。"

"亲兄弟也要明算账。"林鸣说,"其实我是事先就派筑岛工程负责人孟凡利去谈了的……"

孟凡利告诉我:"振华是有比较接近我们要求的那种标准的大起重船,但得改建一下。关键问题是他们开出的价很吓人,每天20多万。"

林鸣一听,掏心似的疼:"不行,太贵了!我这120个大钢圆筒还不知要用多少时间安装好呢!他一天20多万元,用一年、一年半时间,不就是上亿元的租船钱了吗?这才是小小的一块,我整个大桥的岛隧工程被这样七拉八扯,边边角角要花多少钱呀?"林鸣说他之所以一听就心疼,就是这个原因。后面的沉管制造与安装才是花钱的大头——大到你根本不知道它到底要花多少钱!

"国家工程的预算是有基本总控的,尽管我们中标的是设计施工总承包,但业主给你的钱是有数、有指标的,并且每一项支出都是要被严格审核的。我是项目总承包人兼总工程师,岛隧工程的大活还没干,'衣衫'却被这人那人剥光了,我还咋登场?当总工程师的就这么苦啊!"在造大桥过程中,林鸣烙在心上的苦到底有多少，只有他自己知道。

"真的全知道了可能也就好一些呢！其实很多事都是在干的过程中一件件、一桩桩冒出来的，根本不可控，不知其势。这才是真正的苦。所有的工程师都是在苦水中泡出来的……"林鸣道。

林鸣和康总裁老哥俩讨价还价一番，最后敲定一艘"振浮8号"起重船一个月租金500多万元——加配了振华的工人师傅。

价格谈妥后，振华确实在装备与技术上毫不含糊。

2011年5月15日清晨，伶仃洋等待已久的筑岛工程正式拉开战幕——大钢圆筒"首振"战斗的各项准备工作全部完毕。林鸣和大桥业主方的朱永灵局长等一起来到现场观战。现场施工指挥孟凡利一声令下，钢圆筒顶上的8台联动"大锤"轰鸣，那十几层楼高的大钢圆筒以999‰的精确度垂直而下，直插大海深处……

"报告总指挥：首振大钢圆筒圆满成功。请指示！"十分钟——似乎是眨眼的工夫，孟凡利便向林鸣报告道。

"太棒了！热烈祝贺！"林鸣兴奋地拥抱孟凡利，说，"大孟，第一个做得这么好，以后，每一次振沉都要当作第一次，稳扎稳打，才能做到最好！"

"是。每一次都当成第一次！"孟凡利也许是太激动了，也许是被林鸣的话给激励的，竟然振臂高呼起来，"每一次都当成第一次！——"

　　这是一个令人难忘的情景，这是一个让千千万万的大桥施工者难忘的战斗场面……大桥岛隧工程项目党委副书记樊建华对我说，就是从这第一个大钢圆筒振沉成功的那一天起，林鸣总工程师的这句"每一次都当成第一次"成了之后大桥岛隧工程所有人员的一个行动方向和指针，浸透到了整个工程的全部环节之中，并成为"大桥岛隧人"的项目文化信念……

　　每一次都是第一次。正是靠着这种信念与要求，从2011年5月15日拉开西人工岛工程战斗的帷幕之后，大钢圆筒振沉从一日一筒，到一日两筒，再至一日四筒……

　　5月30日，第一片副格负片与大钢圆筒合拢并成功实现密封止水！

东岛、西岛，一年与三年之差仅是时间吗？

5 月 15 日这一天对林鸣和他的团队来说，极其重要，因为这是他们与伶仃洋正式"交手"的第一次，自然也是东、西两个人工岛全面铺开筑岛的第一天。大钢圆筒首次以 999‰的垂直精确度成功插入海底，让林鸣和他的团队有了信心，从技术角度讲，这也意味着林鸣领导的一项世界级工程创新技术趋于成熟，并进入实际运用阶段，但并非完美无缺，或者说在实际施工中还有风险。这就是工程，这就是大工程的必经之路——风险和成功总是相伴同行。

林鸣也是在这种双重心理的作用下，打响了港珠澳大桥工程中"快速筑岛"的战斗。

世界上没有人干过。伶仃洋大海也不是一片容易驯服的海洋。

"大桥中标结束后，我作为岛隧工程总负责人再一次来到这片海洋，那天乘快艇到达海洋中未来大桥两个人工岛地理位置的海面时，我心头有种空荡荡的感受……"林鸣在接受我采访时透露道，"因为当时决定放弃抛石筑岛等其他方案时，留下的唯一选择就是大钢圆筒的快速筑岛法了。虽然从理论上讲，它可能是最好、最佳的方案，可那毕竟是纸上谈兵。工程师们都知道，工程设计与实际施工之间常常有着天壤之别，而大工程的设计与实际施工间的差异性，则有可能是颠覆性的。作为工程的现场总指挥、总工程师，有时候你的胆识、判断，你的现场组织与发挥，才是决定工程成败的关键。在港珠澳大桥建设中，我们面临的每一个施工关卡，几乎都是未知数……"

"面对大海，我们的未知数就更大了！"林鸣说，"面临施工技术与大海环境这双重的未知，叠加的未知会让人产生恐惧感。但我又不能因为这么多的未知诱发的恐惧感，去影响自己和团队的信心与情绪。这是需要特别的毅力和意志的，是一名优秀工程师的心力铸造过程。它最后达到的境界一定是：工程有多大，这名工程师的担当力和胸怀就有多大。"

"港珠澳大桥的岛隧工程就是一场千人走钢丝的伟大战斗，稍有不慎，就会功亏一篑……"许多场合，许多时候，林鸣都这样说。

"5·15"第一个大钢圆筒牢牢插入大海深处的那一刻，林鸣和他的团队异常兴奋，随后的大钢圆筒振沉似乎像插筷子那么轻松愉悦……一天1个，后来又变成一天2个，甚至三四个！

这样的速度让林鸣心涌快意，同时又担心意外。因此越到大钢圆筒振沉的后期，他越发小心翼翼，不仅每次必到现场，而且每次运输大钢圆筒的"振华号"一出现在伶仃洋口，他就会登上快艇，虔诚地去迎候。

千人走钢丝，就是这样走出来的，一个领头人在前走，身后的百人、千人需要沿着他的步伐，照着他的身影，统一标准，统一步调，统一意志，甚至是统一神经，统一思想与情感地行走，需要做到丝丝入扣的精准无误。

西岛部分的大钢圆筒如期如意地按照林鸣的意志及想法一天比一天顺利地插入海底，并排列成"铜墙铁壁"在大海中延伸。到2011年9月8日，振沉任务只剩下最后几个大钢圆筒，有人向林鸣提出，是不是避开"9·11"这个特别的日子。

"你们说呢？"林鸣问现场的工程师们。

"我们就在'9·11'这一天完成西岛的钢筒振沉！让世界看一看中国人是如何不畏困难，勇敢前行的……"

"讲得好！我们就选择9月11日这一天完成今年的西岛钢筒合龙工程，向共和国62周年华诞献礼！"林鸣挥起拳头，与现场工程师们一起振臂高呼。

9月11日这一天，在西岛大钢圆筒振沉现场，气氛特别令人激动。"快看，快看呀！白海豚来了！白海豚也在跳舞呢！"不知是谁喊了一声，林鸣他们回头往海面看去，只见5只结群的白海豚，正在不远的海域纵情地跳跃着……其实，伶仃洋的白海豚并不是只有这一天才出现在林鸣他们身边，这些有灵性的海洋骄子，一直默默地守候在大海的某处，静静地观察着所有这些陌生的来客。它们最初是恐惧的，后来才慢慢意识到这一群举重若轻之人并非有意骚扰和破坏它们原本的栖息地，故而渐渐变得不再惊恐，不再惧怕，直至重新随心所欲，欢腾游弋于大海之中……

"顶天立地的大钢圆筒振沉落位，我们做到了不影响海面航道，不破坏周边环境。但这仅仅是筑岛的第一步。海底淤泥那么多，我们的人工岛能不能确保不沉降不变形，软土层如何加固，深基坑支护技术如何防护等等。尹海卿，这些难题就交给你来完成了！"林鸣很看重眼缘，凡是他相中的人、看中的事，就不会再犹豫。

尹海卿从林鸣那里领受的就是海上筑岛的第二个技术难题：如何让建在二三十米厚的软土地基上的人工岛的沉降变得可控。

"要控制好它的沉降，就必须准确预测它的沉降。"尹海卿抓到了问题的实质。现在，他带领的是两个技术团队：三航科研院和中交天津港研院的工程技术专家。前者由时蓓玲负责承担东岛沉降计算，在建整体模型的同时，把隧道段和桥梁连接段作为重点；后者由侯晋芳负责承担西岛的沉降计算。由于两个岛所处的海域不同，海底地层结构有很大差异，工程师们必须采用不同方法进行计算，然后利用国际认可的有限元分析软件，进行三维数值仿真模拟计算。

经过一年多的无数次计算，工程师们以自己独创的智慧，为东、西两个人工岛建立了沉降计算模型，并提出一套完整的施工期地基沉降控制及报警建议值。"这个计算结果，完全可以将沉降控制在 20 厘米以内，成本大幅度下降。"时蓓玲说。

这回林鸣给尹海卿和他的团队送来了隆重的喝彩——以大桥岛隧项目总经理的名义，在大桥建设全体骨干大会上表彰……但同时，他又交来更艰巨的任务：大钢圆筒一天 1 个、一天 2 个，甚至以更快的速度在大海上列队摆阵，形成快速筑岛之势态。现在，我们面临着一个新问题：如何用最短的时间进行地基加固，让岛壁结构实现快速稳定？你的方案是什么？

"挤密砂桩技术最可行，也是目前世界上最先进的海底软基加固的方法。"尹海卿有备而来。

林鸣笑了，这正是他和刘晓东、梁桁等确定的最佳方案。这挤密砂桩法，即采用专用砂桩船，通过振动沉管设备和管腔加压装置，把沙强制压入水下的松软地基中，从而实现迅速置换、挤密、排水、垫层等作用，增加地基的强度和刚度，加快地基的固结，最终尽可能地减少沉降。此技术起源于日本。

"但日本人才不会将技术轻易给我们呢！"林鸣说。

刘晓东从一开始就按照林鸣的指令，一直在跟进这项技术并同日方相关企业洽谈。"当时我们就想直接购买这套技术和设备。但日方明确说，船可以卖给你们，可里面的控制系统不能卖给你们。"刘晓东说。

"他的意思是：你们出钱，工程我帮你们去做。"林鸣断然不同意。这怎么行？受制于他人的工程怎么可能做得好呢？怎么可能建得伟大、建得有"国气"呢？港珠澳大桥建设需要的就是这种"国之气"——在这一点上，中国工程师林鸣意志坚如磐石。用刘晓东的话说，就是对一些我们不曾有的高端技术，"依靠国外，但绝不依赖他们"。

不依赖他人，是林鸣在港珠澳大桥上为自己挺起的一座比喜马拉雅山还要高的技术和人生的脊梁。而这并非是他自己一开始想要做的事，但这个世界明确告诉他：要想超过世界，你就必须自己去攀登最高峰……

别无选择。从原子弹开始，到航天工程，没有哪件事是靠别人完成使命的。面对一项世界级的伟大工程时，中国工程师与科学家遇到的问题一样。林鸣面对的挑战自始至终，一刻未断。

曾经在 2006 年，中交三航局研发过一艘具有独立知识产权的挤密砂桩船，并成功在洋山港工程上应用过，但现在的港珠澳大桥工程要求实现多种置换率，并且要在水面下 66 米处进行地基加固，过去的那艘挤密砂桩船根本无法担此工程施工重任。这里复杂的地质条件，令众多机械设备厂望而生畏。

林鸣和刘晓东组织相关专家讨论过无数次，最后不得不给尹海卿下达新的任务：另起炉灶，再建一个系统。

谈何容易！一个新研发的挤密砂桩船，光在硬件系统上就该有砂料输送、砂料提升、双导门进料、振动锤、桩管、压缩空气、控制等七大系统，且不得有任何疏忽。要想贯穿伶仃洋海底的硬土夹层，对振动锤的功率要求极高。你为了加力往下而一味加大振动锤的功率，则设备容易发热，轴承扛不起压力，最终会造成振动锤停工甚至断裂，影响的不仅是装备的重新制造，施工时间也将变得遥遥无期。

林鸣耐着性子，倾听工程技术研究人员设计的新方案：通过专门的冷却系统，把冷却剂输送到需要冷却的轴承部分，然后再通过这个冷却的油循环系统，把热量从轴承带走，保证轴承能长时间地持续运转下去，从而达到目的。

"如果这个系统研制成功，将又是一个顶级成果！"林鸣对尹海卿和他的团队越来越满意了。

2011 年 7 月，正值大钢圆筒在西岛的振沉一天比一天顺利时，尹海卿他们的挤密砂桩系统来到海上现场打桩试验。然而试验结果却令人大失所望，不是传感器坏了，就是电缆线断了，再就是沙子把导门挡住了……

讨论，争论；争论，再讨论……一个个疑点被排除，一个个可能被亮出，最后出事的症结找到了，可以进行新的现场试验。

现场的再次试验证明，尹海卿团队果真是好样的。东、西两岛随之展开了"快速筑岛"的另一个关键性工序——向岛基的海底深处打入挤密砂桩……

打多少根？东、西两岛共计 2 万余根，每一根都有五六十米，根根牢牢插入大海深处……那情景你可以做些想象，它们必须像庞然大物的钢圆筒一样，整齐而密集地穿透坚固的硬土层，然后固定住自己，永远一歪不歪、亭亭玉立于蓝色的大海之中，承载隧道沉管和大桥的种种重负，并且担当这个重负的时间是不少于一百二十年！

林鸣领导下的挤密砂桩技术完美实施，对快速筑岛起到了非凡意义，在技术上也为我国甚至世界深海工程做出了影响深远的贡献。日本专家来筑岛现场观摩后，大加赞叹：中国工程师在这方面的技术已经超过了我们！

工程师林鸣可没有因为别人的一两句夸奖、表扬就昏了头脑。

大钢圆筒在西岛振沉过程中超意外地顺利之后，东岛的第一个大筒下沉时却遇到了超意外的麻烦——开始是打不下去，后来8个大锤加力后竟又出现了筒斜……

"东岛的海底地质状况与西岛不一样。"林鸣解释道，"西岛的海床是软土，比较好振沉。东岛的海床有不规则透明晶体，这种东西很硬，有三四米厚，所以大钢圆筒振沉过程中，一遇到它们就出现了倾斜……"

"西岛61筒干得那么漂亮，东岛第一个就给我们来个下马威！"林鸣的声音变得低沉。片刻，他又说："后来我们采取了相应措施，对斜筒进行了特别的补救。但总归是个并不太圆满的事。这个东岛大筒下插，后来又连续出过3次问题，而且每一次出事都是我在外出差期间。这让我从此不得不放弃出差，凡有大钢圆筒振沉下插时就守在施工现场，眼睛盯在那里，看它一点一点地往海底下钻，直到圆满。这个过程很漫长，也很劳神，但你心头不能有任何杂念，啥都不用干，因为有8个大锤在为你使力。你只需要全神贯注地看着大钢圆筒顺顺利利地往海水下沉……"

"后来所有重大海底安装时，我都守在现场，就像看着自己的孩子从娘肚子里出来一样，默默地为它们祈祷和祝福。这也让我更加虔诚地相信，对大自然一定要有敬畏之心。"林鸣说。

后来的筑岛事宜，林鸣和他的团队便出奇地顺利。两千余人在狭窄的海中之岛上整整战斗了两千多个日日夜夜，一直到2017年的年末。整整七年，尝足了大海的滋味，那滋味又苦又咸。难怪这些大桥的筑岛人跟我说了一句听起来十分绕的话：下岛了就不想再上去，上岛了就不想再下来。这话在仔细理解之后，似乎就让人想哭。

造桥人还告诉我，海上人工岛，其实是一座极小的孤岛，除了黄沙还是黄沙。最初一两年间，岛上的施工人员几乎都是在海平面以下几十米的"沙锅底"作业。数百万方的黄沙、数百万根钢筋、数百万吨混凝土搅拌……所有工序都是靠他们挥洒汗水来完成的。为了确保海底下的岛基坚固，钢筋混凝土里需要注入冰块，而施工人员则需要顶着五十多摄氏度的高温在烈日下工作十几个小时。你上了岛，工程完成前就没有了上岸的机会，除非超常的紧急情况；你在岛上，只能住集装箱，一年四季如此；你想家了，可以到仅有的一个高出海面的望台去打一会儿手机；你再要有所想的时候，雷霆和暴雨已经接踵而来……这个时候，工友会放声高喊：来吧，暴雨，来得再猛烈点吧，请将我全身上下所有的黄沙与泥浆清洗个干净，再将我的汗水一起蒸个通透……

这就是伶仃洋的筑岛人。为了这些默默的贡献者，林鸣曾经一次次亲自带着基地后勤人员，为岛上送去冰棍，送去冷饮，送去一个个烟灰盒——他要求岛上施工现场不能留一个烟蒂，而又必须确保辛苦的工友们能够潇洒地抽上自己喜欢的香烟。

筑岛七载,每一个春节,岛上的人都留守在自己的岗位上,拼着每一天的工期。林鸣陪伴着这些工友,每一个春节他都在现场,跟工友们在大海上吃年夜饭,痛痛快快放一阵鞭炮……

这样的情景,在建造大桥的七八年间,仅仅是一个很小很小的存在。

现在,我们还是来回顾那些惊心动魄的时间点吧——

2011年12月7日,这是东、西两岛120个大钢圆筒全部完成振沉的时间。随着现场指挥郭宝华老将的一声"圆满成功"的话音落下,东、西两个人工岛的千名施工人员齐声欢呼……

这是令人激动的时刻,也是林鸣最为期待的历史性时刻:从"5·15"到"12·7",仅仅二百多天的时间,东、西两个人工岛上的120个大钢圆筒筑成的两颗晶莹闪亮的大"珍珠"已在伶仃洋上放射光彩!

十四天后的12月21日,港珠澳三地政府组织精干队伍来到人工岛上,为林鸣他们举行"当日签约,当日开工,当年成岛"的庆贺仪式。这个庆贺仪式虽然不大,用在这里的文字也极少,但我知道,林鸣他们在伶仃洋上仅用七个月时间,即在海水中坚固了两个人工岛,这是世界上绝无仅有的。仅凭这一纪录,林鸣他们已经为祖国在世界同行中骄傲了一次。

庆贺成岛仪式之后，即到了向为振沉巨型大钢圆筒做出贡献的"大锤"——8台液压联动振动锤组系统告别的时候了。这项附带的仪式，是林鸣提出的。120个大钢圆筒振沉圆满完成之后，意味着跟随林鸣他们在海上奋战二百余天的"振驳28"上的"大锤"，顺利完成使命……

现场，没有鞭炮，没有掌声，只见林鸣默默地走到"大锤"前，然后抬起双手，轻轻地抚摸着锤头，很久，很久……

那一刻，许多人看到平时威严如山、铁骨铮铮的林鸣总指挥的眼眶盈满了泪水……之后，他的头与锤头万般柔情地相贴在一起。

三年的工期，你用一年不到的时间完成了！我不谢你，还能谢谁？这是林鸣对"大锤"说的悄悄话——大海听得清清楚楚。

第一次"深海接吻"的滋味

2013年五一假期,这个日子在港珠澳大桥的建桥史上,许多人都记着,而林鸣记得比谁都清楚。现在你问他儿子林巍的生日是哪一天,他会愣一下,再回答时可能也未必一下说得准,但你问大桥的第一节沉管何时安装的,他随口就会说出一串准确的时间:2013年5月2日下午1点开始出坞……一直到6日晚上才完成!

前后时间约一百个小时。"这是我一生中最漫长的时间!"林鸣无数次如此感叹,因为这第一节沉管的安装过程,在他心中留下的印象太深刻,太惊心动魄——

为了安装沉管,项目经理部组建了V工区,专司海上沉管安装。这个队伍非常庞大,如一支海上舰队,他们分别由海底整平团队、海上浮运团队和沉管安装团队组成,每个团队都有一支数量不等的船只队伍。"整个安装筹备共用去十个月时间,真的是

'十月怀胎'。"林鸣说。

为了确保沉管安装万无一失，林鸣给海上安装团队制定了一条工作原则：集众人之志，扬各方专长；投精良装备，克技术难关。同时，他还与安装技术团队先后开了 62 次会议，制定和编写出了《外海沉管隧道施工成套技术方案》。这是中国工程师在没有任何经验的情况下，自己摸索出的一套专业安装技术。它在沉管学术界具有相当大的意义，昭示着中国工程师不再受外国技术封锁的制约，能够自主从事海洋深水区的沉管工程施工了！

然而，那些参与这一方案编写与制定的工程师心里都明白，这份技术方案来得太不容易。2012 年 2 月 6 日，是林鸣第一次主持召开外海沉管隧道施工技术方案周会。从那天起，他为了方便技术方案编写小组工作，将自己办公室周围的几间房临时腾出，作为集体办公地点。小组成员大部分是青年工程师，摆在他们面前的仅有一张沉管隧道产品宣传单子，还是从外国公司"捡"到的。这是团队工作起步时唯一可以依据的东西。第一天开会，林鸣就申明："我们就这点家当，但要干的却是沉管世界的顶尖技术。大家肩上的压力肯定像山一样大，希望我们能够扛起来，而不是被它压垮了！"年轻的工程师们没辜负期望，此项工作完成得非常出色。三个月后的 2012 年 5 月 13 日，《外海沉管隧道施工成套技术方案》出炉，这期间林鸣带领团队在一百天内连续开了 300

多个会议。问起感受，林鸣说，那段时间几乎是连轴转，没有一晚是在深夜 12 点前休息的。方案的初稿出来后，林鸣又邀请各路专家进行了 3 次大型技术评审论证，最终方案被审批通过。

"来，来，我请大家干一杯！"林鸣破例为参加方案评审的工程师们设宴。他心存感激。

2012 年 10 月 19 日，当今世界最大，也是中国第一艘用于外海施工的深海抛石整平船——"津平 1"安全抵达伶仃洋，沉管安装准备工作全面拉开。当这艘造价过亿的专为港珠澳大桥沉管安装所用的，长 81.8 米、宽 46 米、吃水 5.5 米的海上巨无霸出现在伶仃洋上时，林鸣和项目经理部及所有工区的头头脑脑全体出动，列队迎候。这艘出生于振华集团南通基地，我国自主研发的现代化巨型海上工程船，光 4 条桩腿每条就长达 90 米。它还在南通基地的船厂时，林鸣就去探望过，第一眼便让林鸣喜出望外：这长腿家伙跟我有缘！因为林鸣喜欢它满身的声呐、测控仪器等。

第一节沉管（简称 E1）并非安装在海底的平面，而是在人工岛端水陆相交的地方，它的床位是个斜面，坡度为 2.9996%。180 米长的沉管要放置在这样一个斜坡上，难度系数很大。沉管也并非我们想象的随意着床于海底，它被安置在一条铺筑好的基槽上——事实上，在海底铺筑基槽绝非易事。首先是装备必须到位。8 万吨的庞然大物，没有相应的装备，根本无法移动和吊装。所以，同样是专为大桥沉管安装所造的主船"津安3"和辅船"津安2"，于2012年11月18日和28日相继抵达伶仃洋。这对兄弟船的到达，与已经在海上开始整平工作的"津平1"会合，预示着沉管"出嫁"的唢呐已经吹响。

"62次会议是解决纸上的问题，林总在项目总经理部的会议室里又跟我们进行过184次的专题技术分析研讨会……这比十月怀胎复杂得多啊！"V工区负责人告诉我，浮运和安装沉管的每一道工序对他们来说，都是一座高山。"攀越它就得使尽心力，否则极有可能功亏一篑。"他举例说，两条安装船停在海洋中间，要确保8万吨的沉管准确落位，安装船就必须四平八稳，纹丝不动。但海上有潮流与风浪，如何让安装船一动不动，本身就是个极大的难题。"光安装船用的大铁锚我们就备了8只8吨HY-17型及4只5吨HY-17型的……"津安船老大说。

风浪中靠大铁锚定位得了吗？"必须有定位控制系统，而且我们的船上安装了3个这样的控制系统——锚泊控制系统、压载水控制系统和拉合控制系统。"

真能控制得了大海上的沉管安装船队？"这就是高难度。"

安装船老大心有余悸，林鸣的心头更有余悸。

"其实出坞那一天就不太顺。尽管先前有过几次出坞的预演，可真到沉管要出坞时，怎么弄都不顺手。那天从深坞出来，费了一二十个小时，折腾得人困马乏。等到能真正出坞，已是下午 1 点了。最后又经过约两小时的出坞程序，共 29 次换缆、带缆。下午 4 点 30 分左右，我们的沉管才算离开深坞，开始在数艘大拖轮的拉动下，随浩浩荡荡的浮运船队，向大桥那边缓缓前行。那情景，确实让我们所有人都很激动，真的像自己的闺女出嫁一样，心情复杂……我跟在指挥船上，眼睛直盯在贴着海面走的沉管上不敢移开，生怕它什么时候掉到海底似的。"林鸣回忆道。

沉管最终没有掉，还算安稳地被大拖轮拖着向大桥方向走去。但大海并不十分配合，或者有意跟林鸣他们作起对来——近十个小时的黑夜缓行之后，在第二天清晨的霞光下，正当林鸣他们以为可以松一口气之时，突然一股海流朝浮运船队的正面袭来……

有海流。海流并没有像浮运团队演练时所考虑的那么简单——它才不按规矩办事。"津安 3"和"津安 2"携着 8 万吨的沉管被冲得直往后退的同时，也开始出现斜横，而且直至横在洋面上……原本在它们旁边的 8 艘牵引、拖拉大船，此时已经乱了方阵，自顾不暇。

"调度！调度！"浮运指挥长通过对讲机奋力呼喊着。津安兄弟俩一边后退一边调整行驶方向，尽力正面逆流上顶……如此一番苦苦挣扎，沉管船队在海上后退了七百多米才止住。

"当时我的心一直揪着，生怕船队在海流冲击下左右不听使唤，那麻烦就大了。"林鸣说。

好在津安兄弟没有太让人失望，最后在集体努力下，浮运船队慢慢恢复了队形，重新加足马力，顶着逆流到达了指定位置。

这是第一节沉管的安装，它格外引人注目。同时在技术安装上又是相当难的一节，因为这节沉管是人工岛海平面之下的第一节，它与海底隧道的沉管安装不太一样，在海底的沉管安装基本是在一个平面上，而与人工岛相嵌的前几节沉管特别是第一节沉管与人工岛开口处衔接，有两个难度：一是斜坡面；二是安装船不能正常进入安装位置。前一个问题，影响到的是沉管的坚固稳定性，后一个困难是如何把几万吨的沉管吊装到相应的位置。

先来说说如何解决斜坡面的基床坚固问题。这又是摆在林鸣面前的一个世界级难题，必须解决。

下面是我与林鸣就这一问题的一次长长的对话。

　　林鸣：基床就像是沉管躺在上面的大床一样，它的坚固程度是决定我们沉管以后是否可以一百二十年不出现问题的关键所在。

　　何建明：这基床是否就是贴在海底的那一层土？

　　林鸣：对，简单说就是它了。但海底的土分几层，最上面的我们叫它软土层，它很松软……

何建明：这放不了几万吨的沉管吧？

林鸣：也不全是。软土层约 30 米厚，最上面的几米是新土，很软很松，必须清除。到下面十几米、二三十米处，它也很坚硬了。但对我们几万吨的沉管来说，又不够结实，尤其是一百二十年寿命的沉管，我们必须有更坚固的地基。为了解决这个问题，传统的做法是往这些软土层里打桩，打密密麻麻的水泥桩下去。我们在这座大桥工程的隧道建设中没有采用这种传统的打桩法，而是采用了世界先进的挤密砂桩法。这也是我们国家交通运输部的一个科技攻关项目。它的基本做法是：一根直径 1 米的钢管，将这钢管往下插，插到预定的位置。这根钢管下面有一个装置可以把钢管的口关住，然后上面的人通过机械往这个钢管内灌进一二十米的海砂，通过上面的振动锤加压，让这些砂土形成坚固的砂柱。等硬度满足要求后，将钢管的装置阀门拔出，同时将钢管往上提拔五六米。如此反复，这些留在软土里的砂桩就通过自己的体积，形成对周围软土空间的挤压，使得整个软土层变得坚固异常。而我们就在这样坚固的软土层上面安放沉管——当然我们会通过严密的计算，确保这样的挤密砂桩上面足够承载沉管的负荷。整个挤密砂桩的施工过程都是通过电脑控制，如果沉管每平方米的负荷力为 2 吨的话，那我们就给挤密砂桩的承载力放大到 2.4 吨左右，确保它有足够的承载力。

何建明：这个工程量也够大的呀！

林鸣：是。东、西两个人工岛与沉管的衔接处我们共投入了上百万方石头，试验它的承载力。

何建明：天哪。上百万方石头要干多长时间！要派多少运输船队，耗费多少人力物力呀！

林鸣：百年工程要保证它的可靠性，就不能怕麻烦。工程师可能是世界上最讲实效和出实活的人，因为任何马虎在大工程上都是绝不允许的。我们宁可麻烦些，也绝不会有丝毫的应付和马虎。我们在大桥海底隧道的沉管下面通过这挤密砂桩施工所组成的复合地基，在世界海底隧道建设中也是首例。这是一项已经被专家们列为重大科研成果的项目。

何建明：你提出来的？

林鸣：是。当初提出来时反对意见也不少，但我坚持了。一是大桥的一百二十年寿命需要，再者也保护和稳定了伶仃洋海底软土层。我内心一直有个信念，就是在伶仃洋上建一座大桥，要尽可能少地改变它原有的环境状况。这一点非常重要。另外就是要尊重自然，即使万不得已的时候，也要尽量减少对自然环境的影响。软土层使用挤密砂桩法的复合地基，就是最佳的科学选择。因为我们先前没有人使用过，所以一开始连我们中交内部的一些专家都不支持。后来我把这事交给了四航院的卢永昌大师。

何建明：卢大师是工程设计大师？

林鸣：是的。他在这件事上做出了大贡献，做了大量实验性研究。我们不是在软土层里打了挤密砂桩吗？为了防止有可能存在的承载力等诸多问题，卢大师想到一个办法：在这些挤密砂桩上面进行堆载试验，即用碎石在上面加压，一段时间后看看软土层会不会变化，最后来验证上面安装沉管的稳定可能性。

何建明：真的是万无一失啊！

林鸣：必须保证万无一失。

何建明：你说为确保东、西两个人工岛的衔接处海水下的斜坡底稳定坚固性，进行了上百万方碎石的加压试验？

林鸣：是这样。还有一件事顺便提一下，就是为保证两个岛头的沉管以后不被过往的船只碰撞，我们特别各加出了 200 米长的石头垒墙……

何建明：200 米长的石头垒墙？简直就是铜墙铁壁！

林鸣：必须这样。

何建明：那么在人工岛安装第一节沉管时，遇到的另一个困难是，两艘安装船不能同时定位在预定位置，这样就造成了安装的复杂和困难？

林鸣：是这样。这也就是后来第一节沉管在现场安装时几度失败的主要原因，一直持续了四天五夜的最长一次安装……

与林鸣的对话，让我更清晰地领悟了海洋工程的繁杂与艰难，尤其是海底沉管安装的不可控性。于是也有了林鸣说的"第一次对接十个小时，最后还是失败了"的话。

倘若第一次安装失败，后果是什么？林鸣说他不敢想。倘若第一次没成功，往后怎么办？林鸣说他也不敢去想。"我想的是，只有想尽办法把第一节沉管圆满安装好了，我才有可能继续在大桥工程上战斗下去，否则即使跳进伶仃洋，也不知道……"多么悲惨的后果！但可能就如他所说。

后来，我越来越理解为什么一个生龙活虎的帅哥，因为一座大桥活活地变成了白发苍苍的"老头"！岁月无情，人间正道。苦与累，是一个方面。但长期的担忧与煎熬，才是根本。

第一节沉管为什么在最后下降安装时没有成功？我问林鸣。他告诉了我真相：是因为突然发现沉管的床上出现了十几厘米厚的淤泥。这就意味着如果沉管下降到这样的床上，就如一个人睡觉时腰背上硌着一样东西，难受死了！一百多米长的巨大沉管，中间搁置着十几厘米厚的东西，就不仅仅是难受的问题了，它既使沉管的安装和对接无法完成，也会造成沉管折裂等严重后果。这是最不得了的事。

"立即起浮！"林鸣在现场马上下令道。

"怎么会出现这种情况呢？不是已经测控过一切正常吗？"负责沉管安装的尹海卿副总经理额上冒出一排汗珠，他追问负责水下情况的技术员。

"几小时前还是干干净净的，不知怎么回事会出现新的淤泥……"技术员回答时的话音都在颤抖。

"过来开会！"林鸣二话没说，朝几位骨干挥手。

经过几个小时的激烈讨论和争辩，大家才把事情弄明白了：人工岛的岛头在这之前为了给安装沉管做准备，围堤上装了一段数百米的挡潮堤。就是这条好心的挡潮堤的作用，使海流在人工岛头前形成了一个回流水域，所以在回流的海水中积聚了淤泥，它们落在了沉管的床基上，形成了十几厘米厚的淤泥堆积物……

人工岛头的那么一点海域，由于安装船和沉管都堵搁在那里，形成了湍急的海潮，大船的屁股都没法动一下，最后只好派潜水员下去人工清理。结果发现，潜水员的工作进度太慢……怎么办呢？如果按照当时的情况，潜水员清理淤泥的速度跟回流造成淤泥积聚的速度恐怕差不多，这样下去第一节沉管安装就不知道会拖延到什么时候。战机不能耽误，现场指挥必须做出决策。在问清淤泥的堆积程度和潜水员现场清理量度后，林鸣决定在淤泥还剩下 12 厘米左右时，再次沉管下降，进行第二次安装……

"为什么？不是还有 12 厘米淤泥吗？"我问。

林鸣道："是。确实还有 12 厘米左右的淤泥。但我考虑这些淤泥是刚刚积聚的，还很松软，如果将数万吨的沉管压在上面，基本上可以算作忽略不计的阻碍物……"

于是也就有了第二次的沉管下水……

对此，林鸣记忆犹新："四十八个小时后，我们开始第二次对接。那个时候是最让人头疼的。一方面对在没有经验情况下的安装心里无底，虽然我的旁边有日本专家花田先生，他有过许多沉管安装的现场经历，但对我们的大桥隧道沉管也很陌生。所以这种情况下，我作为总指挥、总负责人压力肯定大过所有人。这几万吨的大家伙放在海水里，不能安到应在的位置上，确实是挺揪心的事。另一方面，时间拖得越长，现场施工的人会越烦躁越疲劳。而对接安装时，几十个岗位、数条船只，你口令说错一个，再要把大家伙调整过来，这么一次就要几十分钟，甚至几个小时。这之后的时间里你又不能保证海上不会出现新情况，那海潮海流可是不听我们指挥的……"

林鸣的种种忧心啊，只有他自己担着扛着，甚至还要忍着！

"口令说对了，可又恐他们操作出偏差。几万吨的东西在海底下，实在让人不放心。"林鸣说，"第二次对接前的精度还没有达到标准，可时间已经过去很多，只能下达命令再次退出……"

第二次对接又没成功。现场已经有人叹气了，泄劲的情绪也出现了。林鸣命令暂时休整。"骨干开会。"他把骨干叫到指挥船上开会，一方面查找问题根源，另一方面调整大家的情绪。"越在这个时候越不能泄气松劲。谁也没有干过沉管安装，如果那么简单容易，那它就不是世界级难题了，外国专家也不会向我们开价就是多少亿多少亿了！"林鸣说。

"尽管我在做大家的思想工作，但其实我内心也不平静。时间越长越不平静。我必须克制，必须冷静，因为没有其他选择。你是一个指挥员，你必须有理性，那个时候你内心一定要比任何人都强大与坚定，你内心透出来的情绪和表情会影响整个团队。你要让事情成功，就必须坚定和保持理性，同时还要有智慧和办法。"林鸣说。

七十个小时后的第三次对接与安装开始……这又是一次非常痛苦的决定。因为中国有句老话叫作"事不过三"。在做出"最后"一次安装对接的命令时,林鸣看了一眼站在他身边的花田先生,因为只有他干过这样的活儿,其余的中国人都是头一回与"大海接吻",这"吻"在前七十个小时里,已深知它并不那么容易,更不那么甜美。它是苦涩,是煎人熬人,是要命的事!

"第三次沉管下沉开始——"他又一次发出了命令,声音显然有些颤抖,但却是坚决的。

现场所有人都在目睹巨大的沉管又一次往海水里沉降,一直到看不见其影……随后大家赶忙到控制指挥室的屏幕前,看那沉管一米一米地接近着床和对接的位置——这个过程可谓把人的心悬在针尖儿上。

林鸣此时的心则似乎已搁在刀尖上……

他已经数小时连口水都没有喝过——小陈秘书告诉我,每一个关键时刻,林总在施工现场可以说几个小时的话,站着工作几个小时,但却不喝一口水。"越关键越紧张的时候他就越不喝水……"小陈说。

后来成功了!第一节沉管的"深海之吻"圆满成功!

我看过现场一段视频,林鸣他们在船上狭窄的指挥室里欢呼鼓掌，能看出他们的脸上都是笑，眼里都盈着泪光……

"一百个小时，是这一辈子熬得最长的一次啊！"林鸣感慨道。

实际上沉管对接完成后，还有相当多的事要做。林鸣告诉我，至少还有以下10道工序要完成：1. 拉合。通过预先安装好的千斤顶，使沉管与预埋段对接在一起。2. 水力压接。利用深海水压，使沉管充分对接。3. 贯通测量。测量对接的情况和误差。4. 管内精调。对沉管的位置进行精确调整。5. 安装船撤离。6. 一次舾装件拆除。拆除对接时安装在沉管上的工具。7. 锁定回填。往沉管位置回填沙石和混凝土等，固定沉管。8. 二次舾装件拆除。拆除剩余的对接工具，完成对接。9. 拆除各种仪器和设备。10. 报告到总指挥那里获得圆满完成对接的确认书。

"现场的工程技术人员，一百个小时后可能可以喘口气，但作为总指挥的我，还要等待上面的这些工作干完，最后在沉管安装备忘录上签上我的名字，才算告一段落……"林鸣说他第一次签这样的名时，眼皮已经睁不开了，手脚都有些不听使唤了。

难怪，四天五夜，一百个小时没有正经合过眼，你行吗？大桥工程师林鸣就是这样熬过来的。

这仅仅是他33回"深海之吻"中的一次。

窗口、心口，与大摊的血

　　林鸣跟我说过，在每次沉管安装的那一天，他在离开自己的宿舍时，都会往房间里看一眼……我问什么意思，他脸上表情会突然凝重起来：怕回不来了。

　　为什么会有这样的想法？

　　因为假如一个沉管安装在大海上出了问题，我是项目总经理、总工程师，肯定要主动承担责任……林鸣说。

　　真要出了事故，就真的要承担责任？

　　那是一定的。

　　看起来显然不怎么公平。但这也是工程师职业的一个特殊性：无法逃避，必须直面。

　　刚开始林鸣向我介绍沉管隧道工程时，说了 3 个关键点：一是预制过程，二是浮运，三是安装。当时我对浮运很不理解。从预制厂运到大桥的施工点，有那么复杂和重要吗？

"浮运太重要了！因为整个过程是在与大海进行周旋与斗争，你都不知道会出现什么难题……"林鸣对此大为感慨。

"最初我们在与荷兰等沉管安装的国外知名机构谈判时，并不了解安装沉管还有一个窗口之说。后来才知道这里面玄机多多……"林鸣说，最初时，中方与荷兰某公司谈判，请求他们帮助我们生产和安装沉管，中方从自己大桥施工的时间上考虑，希望一个月内能安装 4 节左右的窗口，这样可以抢工期。对方就说，按我们正常的安装能力和水平，一个月只能安装 2 节沉管，如果你们坚持要一个月安装 4 节的窗口，那么费用肯定会加倍。林鸣他们想，这是合理价码，可以接受。但是后来因为总体要价远远高出中方承受力，谈判合作事宜没有成功。林鸣他们不得不自己干。在自己干的过程中才发现，其实安装沉管并不是想什么时候安装就可以什么时候安装的，它受海洋环境、气候等条件影响，一个月也只能有一两次窗口时间。

"我们以前听说过航天飞船发射有个窗口问题，哪知海洋工程施工上也有窗口之说！所以在大桥工程前期设计规划中，也没有提到窗口问题，更没有相关的技术提示和要求。但到了施工时刻，窗口问题真让我们吃惊不小，也大开了眼界……"林鸣说，"窗口对安装沉管太关键了，不懂得窗口会吃尽苦头。知道了什么是窗口，那苦头也多得不行。"

怎么讲?

"因为窗口条件对我们安装沉管提出了一大堆新问题，你得去处理呀! 不处理，你就没法完成安装。"林鸣说。

窗口，比较容易理解，它在工程学中是指某一个事物在大自然条件下的许可状态。宇宙航天的窗口是指地球引力和天体运动过程的对角及气象等条件。沉管安装的窗口，则是指海洋浮运与转弯角度及沉管下放状态下的海洋气候、洋流等条件。有道是，海洋工程与航天工程同样复杂，道理就在于此。

林鸣曾说"安装沉管难，难于上青天"，是因为他经历了其他大桥工程上前所未有的诸多困难，有些困难以前工程师们想都没想过，或者说是根本不可能有的事，在港珠澳大桥建设中，却应有尽有地出现了。

比如一个听起来并不复杂，实际却充满玄机的伶仃洋的海洋环境和波浪条件。"我们就说一个海洋流速问题，开始我们把它估计得比较宽，也就是测算伶仃洋在我们施工的洋段中的水流速度。但很快发现这个流速并没有那么简单，它不光有不同季节的不同流速问题，而且在同一个季节里也有不同流速，甚至在同一天的洋面上就有好几个不同流速。因为伶仃洋的海底条件与海面条件，都隐藏了许多不同，有的流速在几百米之间就有不同。这就给我们庞大的沉管和它在桥段面的安装造成了困难。你得了解每一个点上的流速情况，这个工程准备就复杂繁琐了……"林鸣说。

他说丹麦人有这方面的经验和技术能力。"我们开始时请他们帮忙。对方提出的两个主要条件，又让我们退回到了不得不自己干的困境。"

什么条件？

"一是价钱，无法接受的高价。二是要我们为他们提供详尽的珠江水域的水文资料。第一个条件，我们工程预算没法接受。第二个条件，为了我们国家安全考虑也不能接受，因为珠江口是我国重要的经济、军事进出口处，其水文资料属于国家机密，不可能提供给一个外国公司。"林鸣说，"关键一点是按最初的协议，如果客观条件没有一个月安装四五节沉管的窗口的话，施工时间延长的责任不在丹麦方，中方依旧需要按合同规定的每月费用支付给丹麦方。这个伏笔让中方损失太巨大了，也就是说，你让人家在一个月内寻找 4 个安装沉管的'窗口'，丹麦方就按这个要求收费，但实际工程中，一个月也就只能安装一到两个沉管，有的月份可能一个都安装不了，施工时间延长很多，丹麦方的服务时间也就长了很多，我们要支付的费用就增加很多……看看，这里就有不可预估的费用，真的好像是个陷阱啊！"

可是，我们自己能不能把大桥周边的海洋水文资料提供出来，并且符合大桥沉管安装所需？我关注到这一点。

开始不行，后来成功了。林鸣欣慰地说。

仅海洋流速预测这一课题，也是由于大桥建设而引出的，并且为我国填补了一项科研空白。那天到林鸣办公室，看到几张布满密密麻麻水文点的流速图纸，我才知道原来这项海洋科研也是十分复杂的。林鸣他们花了五六千万元，委托国家海洋环境预报中心用了近半年的时间把它研发成功了。这一科研项目研发成功后，可以在林鸣他们所要求的时间内，将伶仃洋海面、海底的海水流速按百米的细密度提供出准确资料，这给沉管安装带来了极大帮助。

"是一项划时代的中国海洋科研成果，给今后中国海洋工程带来不可估量的价值。"林鸣断定。

海洋流速很像个顽童，你太把它当回事，它就跟你兜圈圈；你不把它当回事，它就跟你没完没了，扰得你心烦意乱，万事无绪。林鸣的团队在安装沉管时吃尽了它的苦头，有时连跳海的力气都没了。咋回事？

你看，沉管从深坞往大桥方向的海面行进，你一定想着是顺流而行还是逆水而上，实际上，像8万吨级的沉管，如果逆水而行，12艘大拖轮肯定是拉不动的，到底用15艘还是20艘大拖轮拖着走，如何布阵，又都成了大问题。那么只剩下"顺水推舟"

这一种办法。可这 8 万吨的"舟"实在太大，大到想让它动起来都很难，可一旦动起来，要想让它收住脚步又异常困难。林鸣他们请了广州珠江口最有经验的船老大来帮忙，可干了一阵后这些船老大叫苦连天：林总啊，你这活儿我们从来都没干过，这航母一样的大家伙死沉死沉，可一到了海水里，它怎么比泥鳅还滑呀？

林鸣哈哈大笑起来，说：你们可得给我管住它，它要有个三长两短，我只能跳伶仃洋了！

别，别，林总，咱们不说丧气的话，一定把你这"大宝贝疙瘩"调教好。

真想把林鸣的"大宝贝疙瘩"调教好，可不是件容易的事。"不容易！太不容易！"林鸣几次这么说。

不容易在何处？关键是要让它在海域里分毫不差地落停在设定的位置上。林鸣说，珠江口的水流量在枯水季每秒为两三千立方米，而洪水期能达到每秒四五万立方米。"如此大的落差，相当于一二十倍，我们把潮流与海流叠加后，认为珠海口流量超过每秒 1.6 万立方米时，沉管安装就有很大风险。于是每秒 1.6 万立方米基本成了我们设定的一个风险窗口。但实际上海洋中的现场情况又很不一样，比如我们在安装期间，还必须保证伶仃洋航道的正常通航，要划出一定的施工空间，就像修马路一样，至少要做到修左边的时候保证右边仍能通行。我们在海域施工也遵循这样一个现场原则。这样沉管安装实际上是在非常有限的海域内进行的，而海洋潮汐洋流不会管这些，我们的施工难度于无形中增加了许多……"

船老大们开始都很牛，但几回下来，便再没有了牛人，真正能够冒着风险留下来继续战斗且有信心者寥寥无几。所有参战者都必须坚持到每一次沉管安装完毕。

沉管从深坞出来，在12艘大拖轮的拖动下，顺着潮流向大桥前行。这段海路，通常六七个小时可以走完，但有时却要走上十来个小时，太快太慢，都给安装窗口带来巨大考验。过快了，表面的水流流速还没降下来，沉管到达基槽上方后转弯90度，进入横拖状态，这时沉管受到的水流力一下子增大近5倍，如果12艘大拖轮驾驭不住，8万吨的沉管就将随流而下，触底搁浅，撞坏了沉管谁也吃不消。

窗口扰人。

如果浮运沉管的船队过晚到达海面现场，情况也十分不利。沉管到达现场后，需要经过系泊、沉放等一系列工序，做完这些工序需要十来个小时，中间还存在不确定性。所以如果到达现场过晚，加上这个不是十分确定的时间，最为关键的工序——水下沉管对接就很可能错过水下流速最小的这个窗口时间，这又成了大问题。

窗口会难死人。窗口既是时间概念，又是科学概念。顺应窗口最佳时间，所有可能的困难会迎刃而解；相反，如果违背窗口时间，不仅寸步难行，更可能折兵大海，甚至全军覆没，后果不堪设想。

沉管在安装前有一个关键点，即需要准确的定位，叫作丝毫不差。就是它在下降之前的落位点，也就是通常所说的安装点的海面位置。"从理论和实际工作上讲，这个定位点，我们在计算机系统中是可以获得的。现在我们既有天上的卫星、海底声呐遥感，现场也有一整套定位系统，加上国家海洋局科研机构提供的海潮、海流情报资料，可谓应有尽有。但即使这样，现场的情况又会与预想的设定有很大的差别。比如安装船能不能固定好，这一点本身就会带出其他问题。大船是靠四面八方的大锚来稳定的，一根锚链就要几百米长，一只巨锚抛进大海深处，好比一根针尖插在一片软草地里，到底是不是上劲吃力，这就是个不小的问题。锚抛不好，船就会移动，安装船一移动，沉管的定位就会出现几米、几十米的差错。可沉管安装别说几米、几十米差错，就是几十厘米也不允许。我们工程上的允许误差只有几厘米……想想这些，你就知道窗口的意义所在了！"

原来窗口真的这么重要啊！

除了环境的大窗口，还要有现场安装环境的小窗口。那是指沉管本身在海域里的移动和定位。8 万吨的巨无霸到了目的地，让它乖乖"立正""稍息"和"向左向右转"，难死了！林鸣说。因为航行和海流因素，在海面上留给 180 米长的沉管转身空间只有200 米，也就是说它只能在这 200 米的窗口"立正""稍息"和"向左向右向后转"。并且每一次这样的"华丽转身"，都必须是数条巨船步调一致的联合行动，否则肯定乱成一锅粥……

如何解决巨无霸的高难度"华丽转身"，林鸣不只是给船长们拱手致谢、求助，更要亲临海面现场一次次指挥。这样的一次演练，需要动用十几个单位和数十艘船只。但到了沉管真的出现在"舞台"时，现场情况会比演练时还要紧张复杂得多，因为真沉管不可能让你在它"华丽转身"时还有失败的机会。倘若失败了，就是天塌下来的大事，谁也担当不起。

可谁能摸得懂、弄得清海潮与海流的多变呢？

林鸣他们必须做到万无一失，所以每次在沉管安装前，都要召开无数次会议，研究讨论各种状态与窗口之间的相撞、相遇、相叠的可能与不可能。

七年施工期间，他们先后遇到的台风多达 29 场，小的可以掀翻船只，大的能把万吨巨轮掀到珠海街头……林鸣什么苦头都吃过，就连百年不遇的强台风他也撞上过。

不遇大难的人成不了大器。林鸣曾经痛苦地呻吟道：宁可不成大器，也别让大难再来折磨人了！

然而大海就是如此暴虐，对于所有彬彬有礼的乞求，它才不会搭理。任性是大海的本质，它总是以自身的强大来显示自己的独一无二和自高自大。

港珠澳大桥的建设过程，就是与这种性格脾气的大海搏斗周旋的过程。林鸣的团队冲在了搏杀的最前沿，于是也格外残酷与血腥……

第八节沉管安装窗口时间已确定。林鸣和团队所有人员包括远道而来的各路船老大们皆已到位，上千人的安装团队都在等待总指挥林鸣的一声号令。

那一天晚上回到宿舍，林鸣突然感觉自己的右鼻孔有些瘙痒，于是轻轻用手指在鼻腔揉了一下，哪知这轻微的一下，却诱来鼻出血，且血流不止。

"赶紧上医院！"负责基地后勤的党委副书记樊建华等人赶忙扶林鸣去了珠海医院。医生一看，说是鼻内主动脉出了些问题，需要马上手术。

林鸣着急起来，他想到了沉管安装的窗口时间。原计划第二天要到施工现场各个主要环节去检查，以确定沉管浮动和安装最后的时间。"塞点棉絮就行了吧？"他问医生。

医生这回对林总可不那么客气，推着他就往手术室里走。

这会儿大家都在想：林总鼻子出血，动个小手术也无甚大碍。哪知天错地错，手术没有成功——不仅没有止住血，而且孔腔主动脉破裂，血流如注……

"一会儿工夫，医生接血的那个盆竟然满了。"林鸣事后这样描述。

"我们看了吓坏了，怎么会出这么多血啊！"樊建华是女同志，回忆起当时的情景，仍然不停地向我摇头。随即林鸣又进行了第二次手术。四天进行了两次全麻手术的他，一周后又出现在海上E8沉管安装现场。

海之难，谁之错？

如果你以为航母般的沉管那么容易安装，那真是大错特错！

林鸣跟我讲过一句话：每制造一节沉管，都可以写成一本书，因为每制造一节沉管，资料几乎都有一柜子。而每安装一节沉管，各种准备和演练的数据与资料，就又比制造一节沉管还要复杂得多。所以他们大本营一楼有一个资料库。我本想找机会待在里面翻翻沉管制造与安装过程中的那些原始档案资料，但一进那资料库便胆怯了、退缩了——实在不敢去动手翻，因为估计翻一遍至少得花一年时间吧。

只能借助林鸣和他的同事给我讲故事了。他又讲了一个令人意外的故事——

"林总，你放我走吧！我要回日本去了……"也正是在林鸣他们热火朝天地按计划安装了一节又一节沉管时，突然有一天，日本的花田先生跑到林鸣的宿舍门口，低着头说。

"为什么，想洋子啦？"林鸣奇怪地问。洋子是花田的妻子，是个非常活泼开朗的日本女人。在第一节沉管安装之前曾来过港珠澳大桥的施工现场，跟林鸣他们都很熟。花田是林鸣特意邀请的外国专家，是一位非常有经验的沉管安装专家。中方技术人员对花田也十分尊重，可以说沉管安装因为有了这样的专家，让林鸣他们安心不少。令林鸣非常感动并印象深刻的是，尽管花田先生几乎每天都要跟着林鸣他们到紧张的海上施工现场，但他是个能静得下心的专家——从大桥工地回到营地后，花田先生一有空就在营地的一块空地上捯饬他的蔬菜地。这是日本人的一种好习惯，他们善于通过自己的耕作劳动获得收获。蔬菜成熟后，花田每天早上都会把新摘的黄瓜、西红柿等用塑料袋装好，挂在林鸣的宿舍门锁上。早班后，花田也总是一丝不苟地为林鸣泡好一杯咖啡放在他的办公桌上。这让林鸣时常感受到友情的温馨。可现在沉管安装才刚刚开始，花田先生为何提出要回国？

花田支支吾吾道："我……我觉得完成不了你们交代的任务……"

"为什么？"

"因为我现在十分害怕……你们往后的安装。"花田先生总算道出了心里话。他说，虽然林总你们在没有任何先例和经验的条件下，把一节又一节沉管安装到了深海底下，看起来似乎也算是"创造了奇迹"，但你们的干法，我实在不敢恭维，长此以往，我作为林总你聘来的安装顾问，可承担不起这份责任啊！

本来挺担心安装进行不下去的林鸣，见一节接一节的沉管成功放入海底，心中自有一分喜悦，如今见花田先生这么评价，他一时愣在原地，不知该如何劝说花田。末了，他说："花田先生，我明白了阁下的意思。你看这样行吗？你再留一些日子，看看我们后面的沉管安装……那时如果你还觉得必须离开我们，那我肯定同意先生回国。一定的，你看如何？"

花田想了想，说："那我暂且不走，听林总的。对不起，打扰你了。"

看着花田战战兢兢、慌里慌张的样子，林鸣心头一阵痛楚：多么好的一位国际友人，他竟然也担心得不敢再与我们一起担当沉管安装的重任……沉管啊沉管，你不是要压死我吗？

大桥海底下的路，每一步都充满了复杂的险情和意想不到的各种变幻。海底隧道后来选择了沉管式的路径，考虑的就是它可以最有效地避免各种险情及复杂多变的风险。然而，用33节沉管连接起来的海底隧道，本身就存在极大风险——各沉管之间的连接止水就是最大的风险问题。每节沉管180米长，还要满足曲线

形的海底世界柔性走向，所以林鸣他们这些大桥工程师只得创造
了半刚性沉管，也就是说每节 180 米长的沉管，实际上是由 8 个
22.5 米长的管节串联而成的。用林鸣他们的话说，这海底隧道就
像一串钢筋混凝土做成的巨型糖葫芦。它们的安全系数好与差，
取决于各个管节之间的接头止水可不可靠，也就是大桥工程师们
常说的"接头防水"的可靠性。

　　沉管的接头防水技术，苦死了林鸣他们这些参与数年攻关与
实验的人。

　　这一技术外国权威机构完全封锁，想不出高价是不可能获得
的。出了高价也未必能获得技术专利，只能得到产品。林鸣他们
的大桥预算既满足不了外国公司出的高价，更无法指望他人恩赐
这类高精尖核心技术。

　　自己研发，就必须了解沉管接头和止水的原理与机理。

　　解释接头和止水的技术难点，就多少得了解些关于沉管及沉
管接头与止水的科普知识。林鸣用了很大一块时间给我做科普，
我费力听着，仍一知半解。他说，沉管隧道预制管段依靠水力压
接技术在水中连接，而沉管管段之间的接头是实现水力压接的重
要构造，也是沉管隧道设计的重点。港珠澳大桥的海底隧道部分
所采用的沉管是半刚性接头，要满足水力压接、接头防水、适应
变形 3 个方面的功能，因此结构也非常复杂。我们知道，海底的

水压，往下每降几米，压力完全不同。港珠澳大桥的海底隧道，从第七八节沉管开始，进入海底四五十米深处，庞大的沉管躺在海床上，既要承受"肚子"里面车水马龙、来来往往车辆的行驶压力，更要承受几十米深的海潮、海水的巨大压力，每节管段之间的接头所要承受的压力可想而知。沉管的高精尖技术，也在这个环节上体现得最复杂、最要命……

自 2013 年"五一"安装第一节沉管后，林鸣与工程师们对"难上难"的海上沉管安装已经不再那么畏惧了，大有跃跃欲试之感，尽管日本顾问花田先生担心得想要逃跑。每月安装一节的速度，从第一节开始，一直维持到第二年（2014）的 3 月份，沉管 E10 如期落装。林鸣在安装结束时特意让营地后勤人员多准备了些鞭炮之类的庆贺物品，让安装沉管逢十成果的欢庆气氛浓烈一点。

没说的，3 月 23 日这一天伶仃洋阳光明媚，南国海面的气温也十分宜人。林鸣和安装人员虽说已在海上辛苦了一二十个小时，但 10 节沉管落定海底，对林鸣来说，是一个非常值得庆贺的阶段性胜利。那一天，他脸上的笑容格外多。

"林总这回真高兴了！"工程师们都在悄悄地议论，并且跟着一起心花怒放：近 1/3 数量的沉管已经完成了安装，谁不高兴嘛！因为 E1—E8 尚属浅海和半浅海安装，E9、E10 管节可就进入深海区域安装了，它的难度与复杂性可谓完全像盲人摸象一般。能安安稳稳把大家伙放入海底，林鸣和大家自然高兴不已。

"报告林总：部里的领导要来看看我们的沉管安装现场……"秘书突然报告道。

"好啊，欢迎领导检查指导！"从大桥工程施工开始，林鸣已经习惯这类上级领导到现场检查参观事宜。"好好接待。想看哪儿就安排到哪儿……"林鸣补充道，这也是他的一贯作风，只要是自己领头的项目，他喜欢别人来挑毛病。海底沉管隧道，世界级难题，林鸣自然更愿意让专家和各级领导到现场来给予帮助、支持和指导。

但他这回想得有些天真。

怎么回事，不是说你们的安装偏差率很低嘛，怎么这节沉管偏差都到八九厘米了？部领导到海上的沉管现场走了一圈，发现这一节沉管安装偏差与以往的并不一样，差了一大截，脸色就变了。

部领导立即找来负责这块工作的工程师问原因。林鸣的下属回答道：这节沉管确实存在较大偏差，但我们报业主并进行工程原理上的解释之后，业主同意了这个偏差的存在，也就是说这是合格的沉管安装。

那也不行。证明你们的质量没有过关，没有过关是很严重的问题，必须整改！领导生气道。他找来林鸣后，也当场提出了这一问题。林鸣自然从技术和实际安装的情况做了详细介绍。

事实上，沉管安装工程出现类似的情况也属正常。某些技术设计上的要求在实际施工中难免出现偏差，只要这种偏差在许可范围之内，都是符合技术标准的。E10管节就属于这种情况。因此林鸣一方面安排专人分析查找偏差原因，另一方面，他需要根据工程的整体进度按部就班地运作与指挥，每天忙碌在千头万绪之中。

北京，交通运输部——这些事情是林鸣后来才知道的——部长看了送来的一份关于港珠澳大桥沉管安装的问题报告后，"噌"地从办公椅上站起：这还了得！出这么大的偏差是有问题的。百年大计、一百二十年寿命能有保证吗？

马上召开部长办公会！把总工、公路局长、安质司领导也一起叫来。部长指示道。

会议开得异常严肃，而且极有效率：鉴于港珠澳大桥岛隧工程项目出现的质量问题，交通运输部立即组织质量督查组赶赴大桥施工现场督查。组长我来当，分管局长担任副组长，再配6人，明天你们马上出发到珠海，把系统负责人一起拉到珠海开工程质量现场会，不把问题搞清楚，你们不能回京！听明白了没有？这港珠澳大桥不同于其他项目，你们要像啄木鸟一样，把所有危害大桥项目的点点滴滴都给我找出来，并及时加以纠正。要毫不留情！部长的语调和表情都说明了交通运输部对大桥岛隧项目的高度重视，更有对国家大工程负责的担当。

不日，珠海某宾馆的会议室济济一堂，坐满了交通运输部承担大桥项目的相关局、公司要员，他们都是局级领导和公司头头。林鸣也被"邀请"参加会议。

会议的内容只有一个：大桥的岛隧工程发生了质量问题，遵照部里的要求，相关施工单位即日起停工整改，其他项目单位要以此为鉴，全面进行一次质量大检查。

会议时间不长，但气氛异常紧张，林鸣的感觉是"头上突然有一座大山压过来"，他和岛隧工程的几位主要负责人被压得喘不过气来。

"大家听着，督查组那里，有我、刘晓东和高纪兵3人负责应对，你们该干什么还干什么，绝不能影响工程进度。听明白了没有？"林鸣板着脸，在工区负责人会上说道。

回答的声音不像以往，有些有气无力的样子。林鸣生气了，说："上级机关来督查工程质量是正常的事。本来嘛，如果我们的工程特别是沉管安装质量能做到分毫不差，也就不用停工停产被检查整顿了。我们应当放下包袱，以更高的要求严把工程质量关，把工程每一个局部细节的质量做得更过硬，这不就可以交出更满意的答卷了吗！"

　　话虽如此说，但明摆着的事实是：沉管安装不能继续如期进行，等待的是部里督查组的检查结果。

　　关于这件事，林鸣与我有段对话——

　　何建明：督查过程中，你的角色是不是比较尴尬？

　　林鸣：是。因为我们不能为自己解释什么，只能等待专家结论。尤其是我，不能自辩。高纪兵是副总工，他陪着督查组成员，他可以说说，但我要求他尊重专家，让专业人士评说专业的问题会比较客观和科学。

　　何建明：问题的关键是，你们做的工程尤其是沉管这一块，在中国没有人做过，科学结论和技术标准谁来定、定成什么样的标准，这恐怕是个根本性问题。

　　林鸣：你说到点子上了。在沉管技术方面我们中国基本是一片空白，尤其是深海安装沉管，谁都没有经验，对沉管在深海条件下的技术参数和技术标准也没有国内专家能做得出评判，这是我们在接受部里派来督查组督查时最感困惑的问题。我当时的态度比较强硬：如果是问题，那督查没有任何错；但如果是工程所遇的技术难题，那就应该帮助我们。

　　何建明：此话怎讲？

林鸣：因为如果认定是施工或管理上的问题，那我们就有被处罚的必要。但现在所出现的并不是这样的问题，而是施工中没有弄明白的技术难题，或者说就是因为出了这样的技术问题，我们还一时找不到原因。真正着急的是我们，是施工一线的我们呀！在这个时候，大家本来心里可能就有些紧张，你来一次声势不一般的督查，我们上上下下不就压力山大了吗！所以当时一方面我们完全理解部里派督查组下来的真实意图，觉得换了谁当领导都会这样做。想想看港珠澳大桥的投入和影响面，假如你作为一名领导，听人说我们工程这边出了质量问题，能不着急吗？但另一方面，这次督查确实打乱了我们正常的工作和施工秩序。大桥岛隧工程是个系统工程，前方是 4000 多人的施工现场，材料和设备的制造与供应方，几乎牵涉五湖四海、全国各地，哪个环节出了问题，影响的是全局和整座大桥建设进程，也会造成多方经济纠纷。还有关键一点：大桥建设是在海上进行，本来条件就十分艰苦，一旦士气受到意外打击，想重振旗鼓难度极大。尤其是再想在工程质量与施工进度上有所突破，有时比重新打一仗、重干一个工程还要费劲。我内心焦虑和烦恼的正是这一点……

何建明：个人不感觉受了很大委屈？

林鸣：有一些，但不是主要的。委屈谈不上，只是再次证明，科学问题必须要靠科学的态度去认识和解决。

何建明：这又怎讲？

林鸣：海洋工程中，技术要求和标准都不是绝对的，它受气候、海潮、海底压力等条件影响，因此所有装备与技术设计必须遵循这些客观条件，而海洋的客观条件又几乎都是动态的，即同一海域、不同时间、不同季节，甚至不同温差条件下，其作用和压力都不一样。我们的隧道沉管所面对的就是这般复杂而变化着的客观条件。几乎每一节沉管的安装环境都有所差别，相对统一的技术要求和技术标准只是在通常条件下沉管安装的一个基本标准而已，而相对弹性的技术标准恰恰符合海洋与海底条件下的沉管安装要求。E10节沉管在安装之后出现的若干厘米偏差，就是这种情况。

问题出现后，部领导高度重视，领导们也马上意识到：毕竟谁也没有做过深海沉管工程，E10的意外偏差会不会是自主创新成套系统和技术有缺陷？会不会是管理流程有问题？会不会是安装团队能力有问题？工程还能不能继续？工程是停，还是继续干？

交通运输部需要通过督查判断，外海沉管安装较之桥梁工程，要做出正确判断面临挑战。交通运输部成立由冯副部长亲自挂帅、多位业内专家组成的最严格的督查组，才能在最短的时间内做出正确判断。冯副部长说："交通运输部共和国历史上第一次为一个项目的一个标段组织一个最高规格的督查组，而且我亲自当组长，前所未有，而且我查的只是一个工序，何等的重视！"如果政府不担当、交通运输部不担当、领导不担当，工程就会在此时出现非常困难的局面。

后来到底结局如何，是大家所关心的。

督查组的 7 位专家尽心尽力，认真严肃地对林鸣他们负责的岛隧沉管预制和安装工作进行了全方位深入细致的检查，随后形成一份递交交通运输部的督查报告。

事关大桥大局，交通运输部冯副部长亲临珠海，在听取督查组和有关专家、施工方和业主等意见后，做出了"管理、技术、装备"3 个基本可控的判断，开出了继续施工的通行证。

"同意的举手并签名。"重要工程论证有这样一条规矩。最后，所有与会人员都在 E10 继续开工书上庄严地签上了自己的名字。

林鸣坦言，E10 督查确实给整个团队带来很大压力，因为当时工程还处于探索过程，队伍正处于磨合之中，所有人如临深渊，如履薄冰，特别是他本人压力更大。其实这时更需要信任、理解和支持，否则会影响队伍稳定。在这种矛盾中和困难下，集团、项目部、林总以大局为重，周密安排，一边积极配合督查，一边继续组织攻关，一边推进其他线路施工。

"E10事件"之后，林鸣的心胸宽广了许多，境界也高出更多。

林鸣告诉我，这次 E10 工作督查虽然没有查出他和他的团队在技术上、管理上有什么问题，却让他和他的团队发现了一个重大的科学技术工程问题：珠江口上面的水是从珠江下来的淡水，而在伶仃洋海面上，上面是淡水居多，下面却是海水居多，淡水和海水比重不一样。也就是说，林鸣他们施工的大桥海域，那个地方的海水重力在同一个区域是不一样的，海面 10 米左右深的那部分海水，比重远低于海底那部分海水。"它是比重分层次的水。以往我们在安装沉管时，仅测量上面十来米的海水比重，却忽视了深海底下的海水比重，故出现了深埋于深海之中的 E10 管节比先前几节沉管误差大的情况。造成这个情况的原因，是我们并不知道在海潮涨起时基槽底下会形成另一种压力比重的流速，这是问题的根本，是我们先前根本不懂的技术难题……"

"海底世界真的那么复杂啊！差一二十米深，情况就很不一样了？"我听后不由得惊诧起来。

"是的。"林鸣解释道，"因为涨潮，在海底深处就会出现一股强大的顶力作用，表层流水很小的时候，海底有个时间段会发生很大的潮流，流速甚至会超过每秒 1 米，1 米就会形成千吨推力，这个推力足以让沉管发生移动，E10 后来出现新移位八九厘米就是这个原因。"

原来如此！

林鸣说："吃一堑，长一智。找到原因后，我们就开始考虑避开海底涨潮暗流所形成的巨大推力，让安装沉管的窗口更精准，使得 E10 那样的安装偏差不再重现。"

"E10 事件"后，林鸣的团队也更加认知了深槽安装这一全新领域。同时，项目部请来国家研究海洋的专家，组织深水深槽的技术攻关，找到了深槽里海流动力产生原因，集成了一个新的深槽安装的窗口管理技术；还请来航天等方面的专家，解决了超低频高精度运动量的监测问题，采取措施予以控制。这些技术措施，填补了复杂海流环境下深水深槽沉管安装的空白，也是世界上首次突破这样的问题。

看来人类对大海真正的认识才算刚刚摸到门口而已，还需要无数漫长的探索与教训，之后方能更深入一步。

的确，在大海深处安装一条航母般的沉管，对于林鸣和他的团队来说，就是一场大战。E10 管节之后是 E11 管节的安装，两个管节之间的安装时间相距一百天，E10 是 3 月下旬安装的，启动 E11 安装程序时，一转眼已经到了 7 月。

"耽误了一百天，必须把失去的时间抢回来！"林鸣确实心急如焚，他知道进入夏季的伶仃洋"脾气很坏"，说来风就来风，而且是大风和台风。

副总工高纪兵向林鸣报告：前后有两个台风，窗口时间只有几天……

林鸣站在工程指挥室里，脸色凝重，他询问各工区负责人和几位副总："你们的意见呢？"

"我还是认为等两个台风都过去后再动也不迟……"有人说。

"我反对。"有人马上接话，说，"台风固然可怕，但它还是给我们留出了一个窗口时间。如果这个窗口再放弃，那今年的任务彻底泡汤了！"

"虽然督查让我们的安装任务延误了几个月，但如果冒险在台风中安装，实在太危险！施工稍有不慎，沉管一旦坠入海底，那我们这些人就真得去'泡汤'了！"

"是，是，还是保险些好……"众人开始附和。

"别把台风看成鬼似的，它不也就是风吗！我不信它就非跟我们过不去！"坚持上马的工程师请林鸣决断。

林鸣没有立即表态，他把目光移向负责沉管安装的副总尹海卿，问道："尹总，你的意见呢？"

尹海卿是上海人，别看他平时说话软绵绵的，做起事来特别让林鸣放心，技术上相当有一套，沉管技术攻关基本上是他在为林鸣把守着每一个关节。

"说，你的意见是关键。"林鸣催道。

尹海卿用右手摸了一下腮，道："听气象预报中心怎么说吧。"

林鸣立即示意高纪兵："赶紧问问他们，请他们出一份未来十天的详细天气情报……"

很快，天气预报中心传来情报：未来十天的两场台风不会正面袭击伶仃洋，符合沉管安装条件。

"那么大家表态吧。"林鸣按照工程施工程序，拿出一本白皮本本，让大家表态并在上面签字，"同意安装 E11 沉管的，在这里签字吧——"

第一个签名的是林鸣自己。接着，尹海卿、刘晓东、高纪兵等一一签名。

然而这一回，老天并没有听林鸣的。

台风无情亦有情

在伶仃洋作业，什么最可怕？自然是大风大浪。俗话说：海上无风三尺浪。那么大风来了会有多少浪呢？有海员告诉我：得有一两丈高吧！那台风来了会有多高的海浪呢？海员们也没有告诉我，因为台风来了，海上根本不能停留任何舰艇，留下来的也会葬入海底。

大海时常借助台风对人类施威，很少有人能在台风中的海面上生存下来。

林鸣他们施工建设的港珠澳大桥位于南海，是台风多发的海域，也是少不了每年数场台风的必经之地。当初设想的时候就有人对伶仃洋上建几十公里长的大桥持怀疑态度，台风是其中重要原因之一。有人形容，伶仃洋上的台风有掀天盖地、爬山上岸之势，你造一座海面上的大桥，抵敌得了一场12级台风？

　　有人算过，珠海每年的台风大大小小少则也有四五次，一百二十年的大桥寿命，也就是说要经历大约 600 场台风，其中不乏 12 级以上的强台风。能够经受住如此多、如此强烈台风袭击的大桥该是怎样的大桥？也许只有我们中国的港珠澳大桥！

　　一百二十年的岁月太遥远，我们并不可知。但我们知道在建桥的七年岁月里，林鸣这些大桥建设者所遇的 29 场台风便足以令人胆战的了！

　　"每一场台风来临，我们就像经历一场与魔鬼厮杀的遭遇战！"林鸣说。

　　林鸣对其间所经历的台风侵袭记忆犹新：人工岛施工一年多以后，他们便在海上遇见了 2012 年的第 8 号台风"韦森特"，这次强台风带来的最大阵风为 60 米 / 秒（17 级）。光听听这样的风速，我们这些陆上长大的人就会被吓出心脏病了！设想，港珠澳大桥造得再坚实，恐怕也经受不住如此等级和如此频繁的强台风吧！

　　林鸣他们设计的大桥方案中，抵敌得了 12 级以上的强台风袭击是其中的一项硬指标。12 级以上的强台风到底有多强？一年有多少次？珠海海域会不会出现这种超强台风呢？根据历史记载，确实有过。林鸣他们必须面临大海上的各种变幻风云，而且即便风平浪静，在海底深处也还有自然活动的海潮，这些因素都会影响到航母般巨型沉管的安装。

事实上，林鸣他们从一开始安装沉管就遇上了台风，并非安装 E11 时才巧遇……

第一节沉管 E1 是 2013 年 5 月开始安装的。安装前的海上准备工作，主要是海底的整平等基础工作，需要几个月时间。参与这一工作的张建军工程师体会太深，他和几位同事是 2011 年夏天来到珠海的。"最初到珠海时就感觉热，热得让人很难受。我甚至怀疑之后六七年时间里能不能坚持到底。这年 9 月份搬到营地后，好像天公作美，气温降了不少。再后来就慢慢习惯了珠海的热天，因为它从春节后不多时就开始热，一直能热到 9 月、10 月份……天一热台风就相伴到来，这是海洋的特点。我记得非常清楚，2013 年 3 月至 4 月期间，我们正在海上为 E1 管节的安装做最后的海床整平工作。这个时候突然来了一股大风，还不是真正的台风，我们叫它'突风'——突然起的海风，很大，从东南方向来的。整平船的缆线拉不住了，海浪一下涌起两米多高，连缆绳都没法去解开。怎么办？缆绳一旦任海风绷裂折断，上亿元打造的一艘整平船可能顷刻间就会四分五裂！说时迟，那时快，我们当机立断，硬是用大斧子将缆绳剁断甩掉，再用拖轮把整平船从施工的大桥海域拖靠岸头……整个过程时间不长，但就像一场噩梦，如果反应慢一些，说不准连人带船一起被大风掀到海里！"

张建军不是第一次遇见这种险情。2013 年经过南海的台风共有9次。台风是无法抗拒的自然风险，在台风的夹缝中战斗又会有怎样的凶神恶煞与你厮杀？

林鸣他们在海上的七年间，什么样的事都经历了……

第一年安装沉管并非没有遇见台风所造成的危急事件。2014年因为"督查"，一度打乱林鸣的工作计划，使他们必须在台风横行的夏季与其进行一场场拼时间的激烈战斗……

虽然在网上没有搜索到2014年珠海海域发生了多少场强台风，但对林鸣他们这些在海面上施工的大桥建设者来说，每一场即使是七八级的小风暴也是相当致命的，更何况沉管安装这精细得如绣花一般的活儿，它要求的对接误差只能在几厘米之间，想一想就觉得比登天还难。难就难在台风并不像预报的那么准确，它的"脾气"不是一颗两颗气象卫星所能预测定的。它是流体，既任自己的"脾气"横行，也受海域环境的影响，你想掌握它"发疯"时的风速与风向，简直就是痴心妄想！

E11管节安装时间已经被林鸣他们圈定在7月21日，这是一个"风"险极大的时间点，因为珠海的台风一般都是从每年的6月开始"发疯"，7月底就是彻底疯狂了。

气象预报部门将侦察来的情报告诉林鸣：沉管可以安装，但必须保证不能出意外，就是浮运和安装的时间不能因为突发的问题而被耽搁，比如像E1，一干就是近百个小时，那台风必定过来

"亲密接吻"……

　　林鸣反复掂量后决定：上，还是上！时间不等人。因督查失去的时间已经够多了，现在E11出征，就看天意了。

　　隆重的海祭再次在伶仃洋上举行。这一次林鸣要求参加沉管安装的所有船只和人员无一例外地向大海、向老天敬一敬心头语：祈祷上天和大海保佑他们的"宝贝疙瘩"顺利安装——林鸣坚持认为这绝非迷信，而是出于对大自然的敬畏之心、对价值一二十亿元的沉管的爱惜之情。"它是国家的财产，是人民血汗凝成的现代化装备，我们没有理由不让它平平安安！"当有人对海祭提出异议时，林鸣毫不含糊地反驳道。

　　自古至今，民间和官场上的许多祭典，并非完全是他人所言的"迷信"。事实上，这更多的是一种礼节仪式，包括当年林则徐抗击英军、焚烧鸦片时的祭海仪式在内。《论语·八佾》中早有言："祭如在，祭神如神在。子曰：'吾不与祭，如不祭。'"这既是一种表达内心的仪式，又关乎虔诚的信念。

　　"是的。我们在安装每一节沉管时，都有海祭这一重要仪式，除了要求所有在海上的大桥建设者要对大海有敬畏之心外，仪式感十分重要，它激励我们全神贯注地做好安装的每一个细微过程，始终保持饱满的精神状态和干劲，因为沉管安装太关键了，我们经不起一点点的闪失啊！"这才是林鸣祭海的本意。

祭海之后，是浩浩荡荡的沉管浮运船队将 E11 拉出深坞的场面，随后是数十艘大拖轮前拉后扯着把 8 万吨的沉管徐徐拉向海面……

"这一路我们真的是提心吊胆！"尹海卿副总习惯性地抹了抹嘴，带着几分神秘劲儿说，"气象部门告诉我们说那个台风不会吹到我们施工的伶仃洋海域，但谁能保证它不会突然来个转向？真要是转向了，我们可没有那本事及时将大家伙喊里咔嚓地往回拉呀！这来不及往回拉，就等于是把 8 万吨的沉管往大海里扔……一节沉管积聚了多少人多少时间的心血，一节沉管又是多少钱造起来的，你说谁敢将它往海里扔？扔了以后伶仃洋航道怎么办？这些问题，你想一想就会吓破胆！我们怕，林总他内心也是怕的，真要遇上台风来，我们一伙人彻底完蛋，林总第一个完蛋……"

尹海卿没再往下说啥，只是一个劲儿摆手和摇头。

林鸣他的胆子这么大？台风就在伶仃洋不远的地方转悠着，他竟然敢冒如此大的风险？

"大桥建设的每一次技术攻关、每一节沉管的制造与安装，包括人工岛筑岛工程，其实都跟打仗一样。既然是打仗，怎么可能不冒风险？甚至有的时候必须拼个死活。七年大桥施工期间，这种生生死死的风险我经历过无数次，或许哪一次我就再也不能回到海上营地……"林鸣说到此处，眼神里流露着几分悲怆。

谁能知道一个大工程师指挥千军万马过程中的悲怆呢？谁能理解一个工程总经理、总承包人、总工程师、技术总负责人内心所承受的如大山一般的压力啊！

林鸣需要承受这所有的一切。他是大桥控制性工程——岛隧工程的施工总经理、技术总工程师、现场总指挥，他是第一责任人。一旦有事，是第一个被问责者。

"同志们，台风就在离我们不远的地方，我们必须赶在它到达之前完成安装！"

"必须赶在它前面，赶在它没侵袭我们的时刻前！"

从 E11 沉管拉出深坞的第一米开始，林鸣每隔一个来小时，就要不停地向浮运船队和海上安装队伍高喊一声，提醒一声，直到他的嗓子喊不出声。可他仍在用嘶哑的嗓子喊着……

"林总，喝口水吧！你喊了一天，怎么连口水都不喝呀！"高纪兵等身边的人都在劝林鸣。但林鸣就是很怪：一到海上，一到施工现场，多数时间里一口水都不喝。

这是为何？他是大神？我觉得奇怪。

问林鸣。他不好意思地笑笑，说：我自己也不知道为什么，反正一到工地，一到沉管安装，整个人都在沉管上，其他全都想不起来。

E11 沉管出坞之后发生的事确实让林鸣变得有些神了：早先是

台风，气象部门告诉林鸣他们有窗口条件，那台风到不了你们伶仃洋海上，于是林鸣他们就将沉管从预制厂牵了出来。但一牵出来后，全体施工人员紧张得每隔一小时都会相互问一声："台风咋样了？"

这台风真不咋样，似乎跟林鸣他们捉迷藏似的，在远远的海面上瞅着港珠澳大桥的海上施工现场，就是不往伶仃洋这边走，或者像是在瞅什么机会。就在林鸣他们紧张得喘不过气来时，它默不作声地走了，走得远远的，往日本岛那边漂了过去。林鸣和海上全体沉管安装人员乐翻了天，说这台风够意思，说不准是林总的亲戚，要不怎么这么照顾我们的沉管安装。

"气象部门说又有一个台风从南边冲过来了。"高纪兵上气不接下气地报告。

"什么？刚过去一个，又来了一个？"这回轮到林鸣嚷嚷了。

"快通知尹总，要做好一切准备，尽快顺利地安装好 E11 ！"林鸣不再与助手半开玩笑了，极其严肃地命令道。

高纪兵很快像猴子似的从这条船蹦到了另一条船上……不多时，可以看出庞大的安装船队在伶仃洋海面上以特有的方式摆开了决战的阵势，威壮且严整。再看看包括林鸣在内的每一个参与安装的施工人员，他们表情严峻，仿佛为这一场殊死决战时刻准备着。

此刻，分分秒秒的时间就像神灵一样在拉紧林鸣他们的神经；此刻，天象则如一群群高深莫测的野兽在林鸣他们眼前蹿动与变幻着，并且不时发出挑衅，令伶仃洋上每一个沉管安装现场的施工人员心惊肉跳……

那场台风就守候在林鸣他们沉管安装的西南部的海面，距伶仃洋不远的几百公里外的海面上。林鸣比谁都紧张，但在现场，他似乎又比谁都显得镇静——"真是大将风度！"船上有人已经不止一次悄悄说道，后来是尹海卿这些副总在悄悄议论。

"再急也没用，老天它看着我们呢！"林鸣时不时地仰起头，朝天际望去，并且对下属说，"台风无情亦有情，就看我们建设大桥的心诚不诚了……"

"诚！没有比我们更诚的了！"尹海卿、高纪兵等战将赶紧附和道。

于是林鸣笑了，说："得了，我听见老天说放你们一马，抓紧安装吧！"

"真的？老天真说了？"尹海卿、高纪兵等假装信以为真地问林鸣。

林鸣笑道："信则灵。"然后又高声道："命令各船队和海底检测人员，抓紧一切时间，务必安全精准地将沉管安装好！"

"是！——"

"是！——"

云彩之下，大海深处，一声声气吞山河、惊天动地的安装号角，让整个伶仃洋沸腾着，呼啸着……一直到风平浪静，机声渐息。

E11沉管安然落定于深海怀抱时，天空悠然地飘来一片红彤彤的晚霞，将林鸣他们映照得绚丽多彩，红光满面……

"成功啦！"

"E11沉管安装完毕啦——"

胜利的鞭炮声和欢呼声一起在伶仃洋上响起。林鸣又一次被大桥建设者们簇拥在一起，以相互击拳的方式共同庆贺这次超神奇的台风之战。

回忆起E11安装的这场两个台风相继来袭的战斗情形时，林鸣不无有趣地说道："确实神奇得很！它们前后跟着过来，却又在不远处转着圈看着我们安装，一直到最后也没有向我们袭击……老天帮忙啊！"

E11沉管安装其实是老天帮了林鸣他们的忙。但大海之上的风可不像这两次台风这样眷顾林鸣他们，海风该吹照样吹，而且一吹就是惊涛骇浪。我没能现场观赏大风中林鸣他们安装沉管时的壮丽情景，但他们总经理部的李正林用文字完整记录了E14安装时遇大风的情形——

　　10月16日下午石龙山下通往深坞口的路上一下热闹起来，车辆来来回回，一群群头戴安全帽、身着救生衣的施工人员陆陆续续向这里聚集。往日寄放在深坞里面的E14沉管已经被绞移至坞口，白色的管体上架着安装船，正整装待发。此时，晚秋澄清的天空，映着坞外一片无际的碧海，强烈的白光掺着海面蒸腾的雾岚，在空中跳动着，展现着难得的温柔。每个参与沉管浮运作业的人都清楚，暂时平静的海面其实暗藏着风险，现在这个季节台风对伶仃洋施工海域的影响减弱，偏北风的影响则在加强。国家海洋环境预报中心通报，当天晚上一股冷空气将南下到达施工海域，会影响即将进行的沉管浮运施工。

　　怎么办？林鸣决定，时不我待，只要不是台风，大风天也要正常进行沉管浮运和安装——

　　"报告指挥长，E14管节出坞各项准备工作就绪，请指示！"沉管浮运安装施工副总指挥宿发强大声汇报。

　　"开始！"总指挥林鸣下达施工命令。

　　顿时，参与沉管浮运的三十多艘船舶同时拉响汽笛，坞门旁边鞭炮齐鸣，安装船上的绞缆系统缓缓转动，巨大的沉管慢慢被牵出坞门，开始浮入大海……

浮运编队渐成队形，与此同时沉管浮运安装的施工决策会亦在指挥舱召开。现场负责人分别汇报 E14 沉管浮运计划和安装计划、大桥海底隧道水下扫描情况及海底情况的情报汇总，以及海面安全保障系统报告。

"受北方冷空气南下影响，施工区域风力 5～6 级，浪高 0.6 米左右。"国家海洋环境预报中心王彰贵总工程师指着屏幕上的最新卫星云图，通报了大家关心的情报。

林鸣开始对浮运和安装工作进行部署："E14 管节拖航、系泊均在夜间进行，封航时间、夜间作业时间都比较长，再加上风浪的影响，因此现场的不利因素较多，控制难度较大，大家一定要充分认识到施工过程中存在的风险，严格按照计划进行作业，尤其是要保证对接窗口。安全工作是重中之重，安全员要做好现场管理，组织好夜航和夜间系泊工作，保证万无一失。"

"一定要合理安排好大家的作息。"林鸣总经理特别强调。

夜航是漫长和艰难的，尤其是在风浪之中。8 万吨的非动力航母般体量的沉管，要在海洋中安全行进，绝非简单的儿戏，它既要方向、路线准确，更要确保平安无事，不出任何问题，十多艘大拖轮，左右前后需要行动一致，也非易事，每一道命令发出去，就是牵一发动全身，稍有差错，便会让整个船队在大海上漂荡不停，无所依从。从坞口到大桥海底隧道的沉管安装海域其实只有几十公里，但这风浪中的浮运，就是一场艰辛的战斗——

没有两边岩石的遮挡，风大了起来，浪高了起来；没有月亮，安装船上放出的灯光被撕得粉碎，犹如无数片碎银在海面不停地跳动，渐渐变得狂野；山上的树木也在不停随风摇摆，好像在向出征的船队挥手送行。

这应该还是在刚刚离开深坞之时。

浮运船队沿着拖运航道缓慢前行着。担任拖航任务的船长们非常清楚即将面对的困难：巨大的沉管顶上架着两艘安装船，前方两边分别绑着两列拖轮，为了确保拖运时整个船队的可控性，前后担任主拖和制动的拖轮均按照"八"字形分布，240米宽的拖运航道就显得太过狭窄。在传统的海上拖运施工中，4条拖轮协同拖运对指挥人员来说已经很困难，而现场是十多艘拖轮，这对浮运指挥组来说简直就是终极挑战。低速、风浪、变化不定的洋流，更增添了拖运的难度。

风越来越猛，浪越来越高。技术保障组向指挥组汇报实时监测情况："最大风速每秒 11 米、最大波浪高 0.6 米。"站在安装船甲板上，大风从耳边呜呜刮过，风速仪在飞速转动着，绑在甲板护栏上的垃圾箱挣脱了束缚，躲到了角落里。伶仃洋露出狰狞本色。往日平静的海面犹如开水一般沸腾着，翻滚着，一层叠一层的波浪不断涌向沉管，漫过管顶，扑向另一侧……

这是现场记录者才有可能观察到的那种惊心动魄的海上险情，现场感十足！

浮运指挥舱前方的屏幕上不停地刷新着航向和每条拖轮的位置，用来记录每条拖轮角度、缆长、拖力的白板上密密麻麻写满了数字。拖运总船长眼睛紧紧地盯在屏幕上，不时发出调度指令……先进的浮运控制系统和技术保障团队的丰富经验珠联璧合，十多艘拖轮密切配合，整个浮运船队劈波斩浪，在夜色中平稳行进，直向海底隧道沉管的安装位置挺进，挺进……

奇妙的海景出现了，当船队在凌晨时分抵达安装海域位置时，海风小了，海面变得温柔了。这时，总指挥林鸣再次出现在拖轮上，他用手抹了一下脸，似乎像用海风将自己的脸清洗了一下，然后深深吸了口清新的空气，又回头问浮运队长王伟："系泊到位了吗？人员都醒了吗？"

"报告总指挥，系泊准确到位。人员都醒了。"

"好。马上通知相关人员到指挥舱开会。"林鸣又一道指令下达。这时，他看了看手表，正好是凌晨3点。

伶仃洋上依然一片漆黑，只有海涛在轻轻地拍打着船舶。

指挥舱内已是灯光通明。林鸣双手支撑在一张简易的桌子上，声音洪亮："现场的实测数据，证明我们昨夜决定浮运沉管的决策是对的，现在大海已经平静，海洋气象预测的情报告诉我们：天亮之后的窗口流速较小，可以安装沉管。同志们，振作精神，准备安装 E14！"

"这仅仅是一次普通的沉管安装场面，只不过稍稍出现了一点儿并不大的风浪，但还只是七年间我们经历的 29 场台风之外的一次普通战斗而已。与掀天倒山的台风相比，实在不值一提。"林鸣见我提起 E14 的事，这样说。

"那你得跟我讲讲经历台风的事儿。"我紧追不舍道。

"台风？真讲台风的事儿？哈，这里边的故事太多了。"听我问起台风给大桥建设带来什么影响时，林鸣干脆腾出半天时间跟我细细道来——

"七年大桥建设中，台风最多、受影响最大的应该是 2016 年这一年……"不过，林鸣对我说，"你可以到施工队伍中让工程师们讲讲他们的经历，他们一年四季在海上，体会更深。听他们讲完后，我再跟你讲讲最厉害的那场。"

谁来讲？一说起台风，林鸣麾下的战将变得特别活跃，你一言我一语，好不热闹。

尹海卿说，他印象最深的是 2015 年安装 E22 沉管时。"按照气象部门早先设定的窗口时间，我们先让整平船把海底整平好，一节沉管的整平需要近一个月时间，还得提前准备，等于像是给沉管铺床一样。先把海底整平好，才可以让沉管安稳地躺在上面。但就在这个时间节点，一场突如其来的强台风开始形成，并且迅速朝我们施工的海面袭来，当时我们已经整平了 4 个船距的海底，差不多是一节 180 米沉管床铺的一半之多。怎么办？必须撤呀！我们赶紧把海面上施工的船只往岸边撤。但台风太强劲，我们有一条驳船几千吨位，被台风吹到了外海，再也没有回来。"

"沉了？"

"沉了。几千万元，就这么扔在了外海……没有办法。"尹海卿长叹一声，道，"好在沉管还没有出坞，这要是在海上安装过程中，后果不堪设想。"

"那一次我们损失最惨重，不堪回首。"E22 沉管安装前的那场台风让林鸣刻骨铭心。

但 2013 年、2014 年、2015 年的台风都不如 2016 年的台风那么多，且破坏力巨大！

2016 年八一节，中央电视台《新闻联播》之后的天气预报：本年度第 4 号强台风将在 8 月 2 日凌晨 3 点左右登陆广东深圳、珠海、广州等地，中心附近风力达 15 级……

林鸣他们与国家海洋气象中心有直线情报联系，所以在 8 月 1 日一早就知道了名为"妮妲"的台风即将正面袭击珠海海面。正面袭击和台风要来完全是两个概念，林鸣接到情报后的第一个决定是：尽可能快地撤离岛上的施工人员，要确保沉管预制厂的安全和人工岛的安全——此时的沉管制造及人工岛都在施工紧要关头，最繁忙，一旦遭受台风正面袭击，后果与损失不可估量。

"人的安全是第一位的！必须确保所有施工人员不掉一块皮！"林鸣向海上、岛上的 6 个工区发出最严厉的命令。根据气象预报部门给出的情报：此次"妮妲"台风将在珠海市南面登陆。毫无疑问，伶仃洋上正在建设之中的两个人工岛即将面临一场风雨浩劫，而桂山牛头岛上仍在生产中的沉管预制厂同样生死难料……

"我们请求留在岛上与人工岛和预制厂同存亡！"工区负责人摩拳擦掌向林鸣请求。

"设备和厂房可以重建，但人命关天，一个也不能牺牲！"林鸣黑着脸，声音从牙缝里蹦出，"留下必要的敢死队员，其余施工人员全部撤离海面和预制厂岛屿！"

命令一下达，整个大桥岛隧工地的前后方全部紧急行动起来。8 月 1 日清晨 6 点，从营地出发的"惠嘉福星"和"惠嘉新星"两艘高速客船已经抵达东、西人工岛，林鸣站在小艇上，在两岛之间来回亲自督战，看着一个个施工人员登上客运船后，又登上人工岛，一一检查隧道口、沉管安装现场及人工岛的围堰。

然后与留下来的敢死队员一一握手，用坚毅的目光勉励大家与台风展开殊死搏斗。

"林总，现场和装备我们熟悉，让我们也留在岛上吧！"当林鸣准备离开人工岛向桂山牛头岛进发时，随他一起上岛的项目总工办副主任杨永宏和物资部副部长李家林请战。

"好样的！留下来吧，与敢死队员们一起坚守一线，共抗台风！"

林鸣与两位常在身边工作的大将紧紧地握手后，迅速登上快艇，直奔桂山牛头岛。这里距总营地远，工地的小营地条件简陋，林鸣亲临前线指挥撤离。此时正值下午时分，距台风登陆仅剩十几个小时。这里是沉管预制厂，用工程人员的话讲，是沉管的产房，能否保护它不受台风干扰破坏，直接关系到整个大桥的施工进度快慢和投入成本的多少。"沉管重要，人的生命更重要。不让一个施工人员伤亡，就是大桥建设最根本的保证。"林鸣对工区负责人下达的命令清晰而坚决。于是一场加固厂房、撤离人员的紧急战斗全面展开。傍晚时分，台风的前奏曲奏响——大风挟着海浪已在快艇面前嘶号扑打起来，林鸣命令船老大再绕东、西两岛走一圈，他要最后检查一遍台风来临前的各种防御准备，确保万无一失。

露天工程，4000 余人的战场，要做到万无一失，谈何容易！天渐黑，台风前珠海城的大街小巷上已经见不到人和车的影子了，只听见屋外的雨声和风声如被刺伤的奔马般嘶鸣着、咆哮着，令人胆战心惊。从黄昏后的 8 点多开始，林鸣一直在总值班室不停地与东、西两岛和牛头岛的留守人员进行通话。

8 月 2 日凌晨 3 点左右，"妮妲"在珠海市登陆。随之，海上的风雨开始减弱。

"来，来，来——我读读牛头岛那边二分厂安全总监聂四生刚刚发来的一则微信……"一位办公室的工作人员举着手机，突然异常兴奋地朗读起来，"扎实的安全管理工作使生命安全第一的理念深入人心，在面临危险时，大家思想统一，高度重视，全员参与，行动有力，未出现麻痹大意、责任推诿、违反纪律的事情；大家拧成一股绳，没人掉队，没人逃跑……"

"好，快代表总经理部向牛头岛全体留守队员致敬吧！"平时很少喜形于色的副总尹海卿此时也激动了起来。

战胜台风"妮妲"的喜悦场面是激奋的、昂扬的。然而，夏季伶仃洋的台风远非那么简单，一场比一场更强劲的台风正在窥视着林鸣他们的大桥工地，并且正聚集着罕见的能量，无时无刻不在等候着机会，与林鸣他们的造桥工地展开殊死决战……

"应该说，2017 年那场叫'天鸽'的台风最厉害了！"经历的29 场台风中，令林鸣印象最深刻的是"天鸽"。

"天鸽"这名字听起来多美啊，但叫"天鸽"的台风却残忍无比。一位老珠海人说在珠海生活了八十多年，从未见过像"天鸽"那么强的台风。"百年大树被连根拔起，万吨大轮船'跑'到马路上了，汽车'飞'到楼顶上去了……你见过这样的台风吗？那真是一场噩梦！"

大桥工地在这场"天鸽"后又如何呢？它们能逃避得了吗？

"这是无法逃避的。好在老天对我们高抬贵手，让它晚来了一年……"林鸣感叹着回应我的疑问。

"为什么？"

"因为这场台风如果早一年，就会把我们的沉管预制厂全部毁灭，那我就真的太惨了。一个预制厂重新建设，至少也要一两年时间，而且又得投入不少于五六个亿的资金。"林鸣说完，对办公室的人说，"你们带何作家去牛头岛上看一看，那边的厂房的破相还在，可以感受一下台风'天鸽'的厉害。"

就这样，那天我乘坐一艘快艇来到桂山的牛头岛，沉管预制厂所在地。此岛孤零零地屹立在伶仃洋上靠近香港一侧，距香港最近也就几千米，而离大桥建设的海面则有几十公里，是一个相对独立的岛屿。登岛后，几位留守人员在码头上迎接。随后我们去了预制厂和深坞那边参观。远远看去，一片惨状，高高的预制厂房只有残墙，没有了屋顶，只零星留下一两块钢皮残片，山路边依然留存着一块块大如半个篮球场的钢皮板，七扭八歪地躺在

　　那里无声地叹息着……这就是一年前那场珠海历史上罕见的超强台风——"天鸽"留下来的"功绩"。看到这般情景，我也就明白了林鸣所说的话。

　　这是一场无法抗拒的天灾。若说老天无情，它却给林鸣他们预制沉管留出了时间，因为大桥所用的最后一节沉管是在2017年3月造好并拉出深坞的。当然，老天也给大海上安装沉管留出了时间，最后一个接头的安装是2017年5月份完成的。

完美的最终接头

　　林鸣这个人，你接触多了，会越来越喜欢他，有血性，干大事，讲义气，办事利索，在家做事比女人还要细致，工作中也是如此。你想糊弄他根本不可能，他对工程质量的要求，比绣花女更讲究；他在乎你的人格更甚于工程本身……这样的人就是国宝。

　　我只能这样感叹：林鸣和他的大桥建设团队实在太不容易，海底世界的工程复杂性远超我们一般人的想象，即使是同行技术权威，对林鸣他们能闯过一个个高难度技术禁区也是赞叹不已。

　　我们再来看那个神秘而几乎不可能实现的海底隧道的最终接头——

　　海底隧道共有33节沉管，这也是大桥工程中最艰难的技术部分。每一次沉管安装，充满了不确定的风险和意想不到的困难。工程后期，有些技术问题的处理比前期成熟了，所以施工相对也顺利些。但有些难题则越到最后，就越让人心里没底。

"最终接头便是。为了它，我们几乎所有的人都被折腾够了。"林鸣说。

林鸣说的"最终接头"，是33节沉管之外的衔接和E29与E30沉管之间的那个长达12米的牵手——双边沉管的接头。

"'最终'两字分量太重，它影响并决定着我们此前七年多建设长跑的成败。"林鸣这样比喻。他说，从一开始，交通运输部领导特别是主管业务的冯副部长一直关心和关注"最终接头"，曾无数次直接与他联系，听取意见，帮助解决难题。"最后安装那天，冯副部长还专门飞到珠海，亲自到安装现场看最终接头着床后，又乘飞机回京参加下午的一个重要会议……"林鸣说。

确实，这个最终接头虽没有8万吨一节的沉管那么庞大，但其精密程度和技术要求则远远超过普通的沉管。如果把连接起来的33节沉管比作我们身上的腰带的话，那么最终接头就像最后装嵌在腰带上的皮带扣。没有皮带扣的皮带无法系住我们的裤腰，皮带也就没有存在的意义。大海深处的隧道无论长度几何，由多少节沉管连接而成，没有这最终接头，也就没有海底隧道一说，港珠澳大桥也就不会实现今天的通车。

世界海底隧道史上，技术核心之核心、尖端之尖端，说的就是这最终接头。它若过关了，海底隧道也就成功了。无论是前面的人工岛建设，还是 33 节沉管的安装中所克服的困难有多少，假如最终接头无法研制成功或安装失败，林鸣和他的整个团队七年多拼死拼活的所有努力，等于付诸东流。

最终接头，对林鸣和他的数万名大桥建设者，对港珠澳大桥来说，犹如咽喉一般，险要而关键。从外形看，最终接头除了长度之外，高、宽与其他沉管无异。但就是因为它只有 12 米的长度，其内部密集而复杂的装置和花样万千的精密部件，使它看上去很像一块巨型三明治。

"最初的构思是从 2012 年开始的。"林鸣对最终接头的前世今生记忆犹新。那时大桥工程开工不久，林鸣便带领技术团队的骨干到国外去取经，但各种技术大多走在中国前面的日本和欧洲，他们的海底隧道沉管技术却并不那么前卫，他们采取的最终接头是在海底现浇的钢筋混凝土装置，即在两个沉管之间包裹上模板灌注起来的钢筋混凝土密封接头，此类最终接头既笨又粗，只有在浅海施工中才有可能实现。像港珠澳大桥的深海隧道所处的几十米深的海底，很难在现场灌注钢筋混凝土。

"到底用什么样的最终接头，我们是整整'吵'了一个星期的架才'吵'出来的！"林鸣说，"因为我们中国没有谁搞过海底沉管，更没有谁做过海底沉管的'最终接头'，所以专家会在讨论时意见分歧很大，最终真是集中大家的智慧，放弃了传统现浇钢筋混凝土最终接头，而选择了一种创新型的整体式结构，即三明治结构的最终接头……"

中国工程师林鸣在大桥海底隧道最终接头的制造方式上采用三明治结构，顾名思义，其形状像极英国人发明的三明治。但是真要造出这种用于海底几十米深、寿命可达一百二十年的钢壳混凝土三明治，可就不那么容易了！

首先，到底这样的三明治该是个什么样，林鸣他们在 2012 年之前根本就没有什么概念。

高纪兵，林鸣的得力助手，年轻的技术专家，大桥建设七年间多数时间跟在林鸣身边。他说："最终接头应该是我们在海底隧道工程的技术攻关中耗时最长的一个，也是整个工程中的巅峰级技术难题。2012 年之前，我们根本就没有碰过，忙着沉管制造和安装的难题，因为沉管的事就足够难倒我们团队，而且 33 节沉管的海底安装本身就是一道道坎，当时我们心里都没底，更没有时间，也似乎没有多少胆量去触碰最终接头。最早的想法是跟当初做沉管一样——争取让外国人来搞，或者买他们的装备。但最后要不是因为核心技术和关键性装备人家不肯卖给我们，要不就是出的价太高，我们买不起！"

高纪兵说："其实，关于最终接头这一技术和装备，就连发达国家也没有那么成熟的制作经验和安装技术。我记得最早看过一篇他们的文章，讲到了最终接头的各种各样的设计、施工方法，有传统的止水板法，有 V 形法、K 形法等，但似乎也很不规范，没有成熟的东西。"

林鸣说挤出时间往日本跑了一次，找日本公司帮忙。早先请荷兰公司帮助安装沉管一事受到了挫折，所以回头想请日本专家和日本公司帮助一起攻最终接头。可到了日本，林鸣通过各种关系寻求合作伙伴，但人家一听说是搞海底沉管的最终接头，不是不理会，就是躲着不见。无奈，林鸣跟刘晓东等技术骨干商量：最终接头的商务合作，还是想办法找国外公司试一试。

很快刘晓东通过邮件与正在合作开发半刚性沉管的 NCC 公司联系上了，这里面有位李姓华人，原是山东水利科学研究院的一名技术专家，通过他的帮助，刘晓东与 NCC 的人交流之后，人家对最终接头一事很感兴趣。

林鸣说："当时我们是想先拿到人家的相关资料，然后再由我们自己研制，想走个捷径。"

刘晓东说："但人家说，相关资料在建设公司手里，显然是不想以这种方式合作。但由于 NCC 公司在半刚性沉管上对我们的合作非常满意，所以当我们提出最终接头的合作意愿后，他们非常感兴趣。于是根据我们提出的一些概念，让他们先帮忙设计起来。对方领会得不错，后来就朝着 3 个方向进行概念上的研究，主要是对传统止水板法的改良设计。我们希望 NCC 能先做个微型的最终接头出来，但对方说不行，涉及别人的专利技术，不能这么做。最后商量只能我们自己开发。"

又是一个"没准星"的高难度技术畅想！

刘晓东回忆说："大约在 2013 年 6 月份，当时正在开一个关于半刚性沉管制造的会议。会议中途休息的时候，一位 NCC 专家把我拉到一边，很兴奋地告诉我，他已经设想出一个最终接头的好主意了，是十几页纸的一个 PPT。我一看内容很粗，他说他的这个东西就是在我们设想的 3 个研究方向上进行的改良，重点是把止水板化零为整。这个设想虽然还很粗浅，而且把止水板化零为整也是超难度的事，但值得去探一探……"

NCC 专家回去做他的探索。林鸣和刘晓东他们在之后的那一年多时间里忙着沉管制造与安装，几乎没有心思去管最终接头的事，牛头岛和海面上的沉管预制和安装已经把他们弄得精疲力竭，苦不堪言。

"2014 年底，最终接头的方案基本上就稳定在一个梯形概念上了，就是不考虑传统的止水板法了！"林鸣说。

"E15 沉管安装结束后，我们便正式开始最终接头这件事了。"刘晓东说，"从 2015 年五六月开始，林总带着我们，基本上每个月要开一次关于最终接头的设计会议，有时一个月开两次专题会。

任务是根据粗思路的一些信息，进行工程风险控制的评估和怎样具体实施、制造，包括对设计本身的优化等进行分析研究。因为那个时候最终接头连一张施工图都没有，正处在概念阶段。林总要求我们在这一阶段多到外面去跑一跑，多掌握些信息与知识。于是我们就在2015年底和2016年初，先到了日本，后又到了欧洲，想去学人家的'三明治'制造沉管接头的经验与技术……"

林鸣说："那段时间我的压力很大。为什么呢？因为刘晓东、高纪兵他们在日本和欧洲转悠，但就是拿不出最终接头的具体图纸与方案来。所以我们大桥这边的业主、中交集团以及交通运输部的领导们一直在催问，到底能不能搞得出最终接头。我也回答不上来。当时感觉到国内的这些上级单位和权威专家，都不怎么相信我们自己能搞得出最终接头。"

高纪兵说："我们上级单位的一位老总还专门带我去了佛山，在那里看到了一个止水板的接头，他的意思是希望我们回到传统的止水板法上，但林总告诉我们，方向认准后就不能随意动摇。所以我们还是按我们已经确定的方向研究……"

那一段时间，林鸣的压力非常大。他必须回答业主和众多关心隧道工程的人士所提出的方方面面的问题。

刘晓东说："一直到了2016年四五月份，我们研制的方案才差不多可以拿出来跟大家见面了，但也很担心，对于我们的方案会不会被通过，心里没底。"

林鸣说："刘晓东第一次跟人家讲不用止水板法止水了，就把大家吓了一跳！"

刘晓东说："是。我第一次拿着我们的方案到大桥管理局去汇报，局里十几个人出来听我说。之后我边说边放了二十多张PPT，跟业主们说传统的止水板法与这个新方法有啥不同之处，我们的新方法有什么好处，而它又有什么不足。之后大家提了不少问题，其中最担心的是我们的最终接头选择在第29节沉管与第30节沉管之间会不会跑偏了，等等。另外就是水下压力不平衡性，会不会影响到我们设计的最终接头。我——作了回答。这次汇报非常成功，业主方面认可了我们的研制大方向！"

但是，当林鸣他们把正式方案抛出去时，反对意见不绝，审查会最后不得不由朱永灵亲自拍板方才算通过。

"关键时刻朱局长一直坚定地支持我们，这一点让我十分敬佩。尽管我们时常'吵架'，但吵得有价值，他是我非常敬佩和尊重的人。"林鸣对朱永灵心怀感激。

"其实是他的执着精神和创新意识时常感动着我。"朱永灵则这样评价林鸣。

是的，在谁也不了解不熟悉最终接头到底如何制作的时候，所有技术构思必须具有超智慧的设想和风险防范措施。为此，林鸣要求刘晓东和高纪兵等年轻技术专家团队反复演练，一一攻克。

"方向定下后，就是如何制造，制造出来的东西到底行不行的问题了。因为我们没有做过甚至没见过最终接头，更何况它是用在海底隧道上且需要保证一百二十年的寿命。这样的装备如何制造，制造出来后能不能达到技术要求，对我们来说，完全是在一张白纸上画图，而画出的图在实际工程中行不行，风险评估越精细，精细到1‰、1‰₀，成功的概率就越高。为这，我们可是苦透了……"刘晓东坦言，"可又非常甜美，因为每消除一个风险，就向成功的高峰迈进了一步。"

林鸣感叹道："这些艰难的坎，必须一道道闯过，绝不能因为想偷懒少跨一道……"

高纪兵说："这个时候，我们的方案进入了第二个优化阶段，即提出了整体安装的概念。这一步对后来最终接头的制造和安装起了非常关键的作用。"

"后来我又提出了主动止水概念，使得我们的'三明治'越做越好了！"林鸣说。

"林总提出的主动止水法，可以称得上定乾坤的创新，因为它极大地提高了最终接头的技术精度。当然，它的攻关难度也更艰巨……"刘晓东说，"光相关系统就是一大堆。最终接头开始设计是在5000吨左右，后来到了6000多吨，这是一个巨型三明治！"

"6000多吨的最终接头概念一出来，先不说到底怎么制造它，或者制造它到底有多难。当时就有人提出：这么个大家伙用什么来吊装呢？它不像180米长的大沉管可以靠十几条拖轮联合拖运，安装时也不用吊起来。最终接头不一样，它长度只有12米，只能靠一个大力士把它吊起来，再安装到E29与E30这两节沉管之间。"林鸣说，"后来我们又把这难题交给了振华。他们就想办法，最后动用了个单臂可以起重12000吨的大浮吊，载负这个大浮吊的是'振华30'。如此载荷的单臂大吊船，又是一个'世界第一'。所以说，造一座大桥，带动的是国家一连串世界级水平的装备制造和技术创新。"

"但是，最终接头的核心技术还是在'三明治'上。"刘晓东说，"光为了'三明治'的图纸设计和专家论证，就花了一年多时间。后来出的图纸就有三大册，包括'三明治'的实验、配合比、检验方法都要在里面呈现。2016年开始的专家专题会主要讨论和研究的就是这些技术问题。随后是'三明治'工艺的定位、测控、测量塔位置，还包括了导向杆、调位、封门位置与基础等核心技术。"

王强是最终接头攻关总体组的成员，跟随林鸣负责和协调其他6个攻关小组的工作。他说："当方案和图纸确定后，就剩技术攻关了。但在技术攻关之前必须弄清楚我们自己设计的'三明治'

最终接头到底有多少把握和多大的风险。接下来的事情就复杂而繁琐了。那个时候几乎天天开会，刘晓东和高纪兵等不分日夜地带着我们干。林总最后也时不时过来跟我们一起研讨，并且拍板重大技术标准。记得最早我们梳理了50项重大风险，随后一项一项地进行优化与分解，最后剩下10项，再请专家们来一起帮助解决，真是跟攀珠峰一样艰巨……"

最终接头的制造地选在振华集团的南通基地。2016年10月14日，振华集团南通基地热闹非凡，用林鸣的话说，这一天，中国在装备制造业上将创造一项绝对的世界级纪录。也就是从这一天开始，林鸣的心就一直被南通紧紧地拴住了。"记不清之后的半年多时间里到底去过多少回南通。"

刘晓东告诉我，林鸣总去南通是因为制造最终接头那边麻烦不断，一会儿是从荷兰运来的货在海关上遇到一、二、三的困难，一会儿缺锅炉，一会儿要确定小梁的安装间隙……"总之，确实太操心了！"刘晓东说到这儿直摇头，表示有的时候连好脾气的他都感到绝望，"不知道前面还会碰到什么越不过去的难关，可又得攻克它。难就难在大家都没有一点儿经验。问外国专家，他们说他们也没有见过类似的制造技术。"

2017年春节期间，原定的对一个配件进行拉张，但就是不成功。大年三十了，工人们都换上新衣服准备回家了，第二天大年初一，工区负责人就说了：上午大伙儿歇半天，算是过年。下午干活，干完活就回家了，所以都不用换工服，在新衣服外面罩一件雨衣，等活干完了，雨衣一脱就回家过年去。哪知一直干到初二都没有干完。在珠江口工地现场的林鸣知道后，再次急飞南通。他细细查看了最终接头的制造现场后，立即召开现场会，制定解决措施。"那个春节，南通的天气特别冷，林总天天去制造现场，跟大伙儿一起摸爬滚打，后勤人员给我们送来百般关心，让我们在工厂过了一个既紧张又温暖的春节……"副总经理吴凤亮说。

"眼看快要完成任务时，中间又出了个要紧的事：小梁的安装间隙到底定多少最为合适。"吴凤亮说，"如果这个间隙确定不合理，这个全世界都盯着的最终接头在水下看不见摸不着的地方，要么卡壳，要么漏水，那整个接头在水下就成铁疙瘩了……我们的这个最终接头，技术最为关键的是在最终接头本体端面内的小梁。最终接头安装着床后，用 54 个液压千斤顶把回缩在端面周圈内的两个小梁顶推出来，顶在 E29、E30 管节上，小梁前端的小GINA 止水带随即发挥临时止水作用。这个小梁，截出一段来看，就像是桌子的抽屉，这个抽屉很长，沿最终接头周圈布置，将近100 米，千斤顶藏在抽屉里面顶着抽屉打开或者合上。"

"小梁与最终接头的间隙，决定了最终接头安装到水下后这个抽屉能否顺利地顶出打开或者缩回合上。最终接头和小梁的加工制造都有误差，吊装过程也会引起各自变形，着床后最终接头的姿态也会造成最终接头和小梁的变形，这些变形加在一起，总量是多少实在难以用计算确定下来。所以需要预留一个合适的间隙，确保在水下小梁能顺利伸缩。"

这确实是个很难的决定。小梁与本体的间隙一开始定的是15毫米，振华的加工精度能做到，没有问题，但是，考虑上面说的各种变形后，增大这个间隙的呼声随之而起。增大到多少？止水有没有问题？最终接头制造到了后期，这个新提出的问题必须立即确定。林鸣又一次飞到南通，技术讨论会在最终接头制造现场举行。大点，小点，大的好，小的好，不同的理由，不同的观点，争论异常激烈。林鸣听着各方意见，一条思路渐渐明确起来……第二天早上8点，会场气氛似乎缓和了许多，40毫米，成了各方都认可的数据。

"就定40毫米了……"林鸣一锤定音。

事实证明，这个40毫米间隙，在最终接头安装和精调过程中，真是恰到好处。

"林总在最关键的时刻，总能拍板确定重要的数据。"高纪兵对此极为敬佩。

林鸣自己说："这个工程，涉及太多的专业，我们的团队真的很强大，我们有这个底气……能造好这样的大桥的底气！"

回到最终接头吧。在南通基地完成了基本躯壳的制造后，接下来是如何将最终接头运达伶仃洋上的牛头岛，再进行"三明治"结构的钢筋混凝土灌注环节。走出南通基地的最终接头，内部的主要技术配制与安装算是基本完成。

林鸣告诉我，在这其中还有一个技术环节特别重要，就是后来他提出的可逆式主动止水技术。这一创造，用曾经参与过众多沉管隧道项目的 TEC 首席隧道专家汉斯·德维特的话说，那是超越了之前任何沉管隧道项目的技术极限。因为这一技术的创造和运用，使中国一跃而起，成为国际隧道行业沉管隧道技术的领军国家之一。汉斯还说："中国工程师创新的最终接头方案是对沉管技术的重大贡献，尤其是在外海作业条件下，相比传统接头方式，该接头最大优势在于一次性作业。以前在外海安装需要半年的时间，现在一天就可以完成。从质量和外海作业风险性的角度看，这种接头是当前最好的方案。未来世界沉管隧道业可能会更多地采用这种方式。"

2016 年整个港珠澳大桥的桥面建设已经进入了收尾阶段。6月 29 日，桥梁工程合龙。9 月 27 日，长达 22.9 公里的主体桥梁工程全线贯通。岛隧工作因为 E15 管节拖后了半年时间，如果最终接头再出现制造和安装上的问题，那就明摆着是我们在拖整座大桥完工的后腿……林鸣真的是在用鞭子赶着他的施工团队，包括技术创新项目。时间不等人啊！千军万马的海上建设战场，数十个工程施工队伍相互比赛着干活，更何况还有三地百姓和政府都在关注着大桥，尤其是控制工程的海底隧道建设的每一个细节与进度。

"这里早一天制造好，前方海上安装就会主动十天半月；这里演练得越成功，大桥施工现场就会越安全越有保障！"在南通过春节的那段日子里，林鸣天天在制造最终接头现场跟技术人员念叨着这些话。

2月24日，最终接头的制造工作圆满完成。2月25日，是林鸣与振华集团定下的将最终接头从南通基地起吊并装载到"振驳28"上的日子，然而正式起航运往珠海方向是在2月27日。

最终接头走出"闺房"是件大事。27日，载着6000余吨最终接头的"振驳28"拉响汽笛，徐徐离开南通基地码头的那一刻，站在岸上的数百名奋力苦干了数个月的工程师个个热泪盈眶，深情地目送着他们的"娇闺女"远嫁珠海……

此刻的林鸣已直奔飞机场。数小时后，他回到大桥工地，马不停蹄地上了牛头岛预制厂，开始组织准备迎接远道而来的最终接头的大驾光临。

经过1600余公里的长途远行，"振驳28"船于3月7日上午顺利抵达伶仃洋海域的牛头岛沉管预制厂深坞坞口区。下午 4 时左右，最终接头平稳安然地进入坞口区……那一刻，在场的上千名工程技术人员和工人爆发出一片震耳的欢呼声。林鸣则站在山冈下的一片草地上，双手不停地拍打着，连声道：妙！太妙！它终于过来了！

刘晓东告诉我，其实那天上午，林总他们刚刚平安地把 E30 沉管从深坞拖出去——"当时时间就安排得那么紧，没有别的办法，进入 2017 年后，整座大桥工程的方方面面都是按倒计时开展，我们隧道工程被人看作是能不能实现全桥 2017 年完工的最关键的施工段了！林总的头发在那段时间里又白出了许多。"刘晓东感慨道。

最终接头落停深坞之后，接下来就是在预制厂的三明治灌注了。因为最终接头采用的钢壳混凝土结构，其整体呈楔形，底板有 9.6 米长，顶板长为 12 米。其底板、墙体、顶板、侧墙小梁等位置共计 304 个隔舱，单个隔舱 0.5～10 立方米不等，浇注总方量约 1250 立方米，分 5 次浇注，所以像一层层叠加起来的三明治。这道工序决定最终接头的最后成败，也是整座大桥能不能全线合龙、能不能保证一百二十年寿命、能不能确保海底隧道滴水不漏的关键之关键，是大桥主体建设的最后决战，具有一接定乾坤的重要意义。整个巨型钢壳混凝土结构三明治的制作过程，让林鸣和他的技术团队费尽心思、呕心沥血，经过一年多时间反复研制，总算摸索出一套中国特色、世界首创的混凝土配比和灌注方法。

"最终接头用钢壳混凝土，给我们带来的工作量其实不比沉管隧道少，从某种意义上讲，为它花的时间与精力更多。专家们讲，它相当于我们又干了一个大工程。"对三明治最终接头，林鸣耐心而主动地跟我说。

"你能用工程语言讲一下三明治吗？"我们都知道食品中的三明治，但钢壳混凝土又如何可以做成三明治呢？这个问题一直萦绕在我心中。

林鸣说："三明治概念是什么呢？它最早在欧洲研究，后来真正做出来是在日本，因为钢壳混凝土不需要传统的靠人工去振捣。日本是缺少劳动力的国家，他们喜欢用这类免去劳动力的技术。后来发展了，因为用于工业方面的要求不一样了，所以对混凝土的要求也越来越高，于是就有了高流动性混凝土，而且分为4级的高流动性混凝土，每个标准都代表一种先进技术。那么三明治钢壳结构与钢筋混凝土结构有什么不同呢？一个是免振捣，还有一个是钢筋混凝土把钢筋放在混凝土里，它所起的作用就是稳固，但免振捣的钢壳混凝土不是这样，它所用的混凝土是在钢壳之内，是通过内板嵌在里面，稳固性受到影响。而为了解决这个问题，对混凝土的要求就完全不一样了，于是通过攻关，研制出了高流动性混凝土，并且有 4 个级别的高流动性混凝土技术标准。我们的最终接头就引进了日本技术、日本装备，还有他们的工艺和工法，即使这样，我们整个团队，花了一年多时间才把这些东西变成了我们自己做出来的东西。不容易啊！比如混凝土的浇注标准是什么，我们的标准成不成立，这都是问题。但我们国家自己没有这种标准，所以完全按照日本人定的标准，在实际工作中也无法去核实日本的标准到底是对还是错。从时间上讲，我们根本没法去讲究和实现这些了，只是一个劲地往前做，做到连日本专家都认为技术标准超过了他们时，我们才敢放手……所有这一切就是这么走过来的。"

尹海卿副总经理负责沉管预制技术，同时也是最终接头的高流动性混凝土研制配比总负责人，他从技术角度讲述了大桥最终接头的三明治制作法中最核心的高流动性混凝土原理与制作工艺——

一般的混凝土配比无法实现在钢壳结构里面填混凝土，比如沉管、人工岛的混凝土配比都不能满足钢壳混凝土的要求，因为它要求不能有空隙。其他制品有一点小空隙没关系，但最终接头的钢壳混凝土必须无空隙。我们没有经验，就参考了日本的一些标准和体系。混凝土有一种体系是加增塑剂，一种是加粉料，一种是混合的，配置成高流动性混凝土。海底沉管最终接头在我国没人搞过，我们就自己摸索着做实验，开始在一个格子里配好后浇进去，并且要做到密实，不能让它收缩，收缩了就基本上等于零。我们原材料的配比先在实验室内做，然后做成 1 立方米的小试块，再到后来就做成大模型，最后到现场就做成了一个 10 立方米大小的试验品，一直做到整个玻璃墙……这些都是为了试验。为此我们还专门从日本购买了一套试验设备。

　　配置中的水泥、砂沿用的是以前的材料，即沉管混凝土材料。在正式做实验时，需要一种外加剂，国内产品不过硬，到日本采购的同类产品我们发现也不行。最后由我们自己来完成配方，做了上百次实验，成功摸索出了一套配方和工艺参数。这个过程比较虐心，但我们成功了！之后又遇到的问题是，到底配置什么样的混凝土才叫好呢？于是又回到实验室，再一次次地进行实验，最终拿出各种参数，比如流动度、适应时间度、多少升、多少秒等数据。我们本无一点经验，就靠在实验室和模型上做试验。我们用玻璃当模板，看混凝土流下去的形态是什么样的，是不是能满密无缝，包括模板里钢板状态下的流动情况，看看上面有没有气孔，气孔有多大。因为在浇注之前，里面的空气要排干净，这样上来的气孔就很小很少，最好没有。最后还要看它硬化后到底有多大间隙、气泡有多大，等等。

　　尹海卿说，最后就是做一个模型试验，按 1∶1 实物做。它的要求就很严了，将来浇注成什么样，模型试验就做成什么样。这个模型有几种：一种混凝土搅拌出来后要做检查，检查不合格这种混凝土就不能用；第二种拉到现场，即放在混凝土运输车上，运到现场放出来做几个试验，例如扩展度试验、流动度试验。这两个指标达不到标准也不能用，比如流动度差一点儿肯定搅不好，肯定填不满，流不过去，所以配比的稳定性十分重要。刚开始几次试验出来都合格的混凝土，对原材料和水量要求也非常高。

整个最终接头其实像是个大仓体，它的立面全部都要用混凝土填死、填实、填牢固。12米长的最终接头，仓体内共装置了304个大大小小的仓，因为里面有各式各样的隔断、型钢、管线等，所以有人说最终接头比飞行到太空的航天器还要复杂。我们的混凝土浇注就是要在接头这里把304个仓体全部浇灌满、浇灌密实和牢固，不留一丝缝隙，难就难在这里，技术要求高也高在这里。而混凝土又是凝固物，能否让304个大大小小的仓体灌满灌实，全靠我们研制的混凝土是否符合高流动性标准要求，而且浇灌中又不能靠人工振捣……"但我们把这些高难度问题全给解决了！"尹海卿最后朝我神秘地笑了笑。

听完林鸣和尹海卿对三明治原理和制作过程的介绍，我再一次由衷感叹中国工程师创造力和攻关毅力的强大！

2017年3月13日，大桥最核心的一个部件在进行最后的制造——最终接头的混凝土浇注开始。执行现场施工任务的领班工程师张洪说："正式浇注混凝土之前我们还是很有把握的，因为演练过多次，泵管怎么拆、怎么接都做过，工程操作量也估计过，大约一小时浇注 50 吨混凝土。这是日本专家花田先生传授给我们的。演练中我们认为一小时浇注 50 吨不算太大问题，因为我们考虑了两个布料点。但真正到了浇注开始的第一天，我们就蒙了……按照程序，最开始浇注的应该是中间的廊道位置，但你知道那中廊才多大空间吗？ 20 立方米，这么大的空间里放满了剪刀撑和数不清的仪器设备……我们进去工作的人有三十多个，而且还各持操作器件。我们的那个浇注对大桥建设来说非常关键，很多记者都知道了，他们持着'长枪短炮'来拍摄，都想往里面钻，我挡在门口，说一个也进不去，只能我帮你们用手机拍一两张照片……就这样，折腾了一天，到下班时，我彻底崩溃了！苦撑了一天，收工一算：惨了，才浇注了 7 吨混凝土！你说这个速度我们什么时候才能制作好这'三明治'呀？"

"林总当晚就跟我们一起开会，分析总结现场的情况，最后大家对仓内的浇注秩序与设备、人员一一进行了优化，工效才慢慢开始有所提高，即便如此，那块底板的浇注我们也花了三天时间。"张洪解释，"一个操作工在那里面最多的工作时间我们设置了八十分钟，混凝土的配比也是按八十分钟来调配的。如果操作工不能在八十分钟内完成浇注任务，他必须走仓，但我们配比好的混凝土就得全部废掉。因为这不是普通的混凝土，它具有特殊配比，是受时间影响的。"

林鸣告诉我，最终接头的制造，需要在几个时间段浇注几个不同的结构层面。张洪他们后来分别取了 2017 年 3 月的 17 日、20 日、23 日和 26 日 4 个时间点完成浇注。

3 月 26 日下午 2 点 15 分，在数十个新闻媒体镜头的注视下，世界上最大的海底沉管最终接头成功完成了混凝土浇注，这也意味着我们说了好久的"三明治"正式宣告做成！林鸣望着重新安放于深坞之中的 6000 余吨的最终接头，他朝尹海卿、刘晓东、梁桁、高纪兵等一挥手，说：走，牛头岛这边的事圆满了，现在去海上！

林鸣说的海上，当然就是大桥建设的两个人工岛之间那片在海底安装沉管的海面。看似平静的海底世界里躺着一段十余里长由 33 节沉管组成的巨型沉管，此刻它正等待着最后 12 米的对接。这个对接一旦完成，就意味着港珠澳大桥全线连通。仅差海底 12 米。这 12 米就是林鸣他们的最终接头部分。

"其实看起来最终接头就那么一个 6000 多吨的东西，而且当时振华集团也来了能吊动 12000 吨的'振华 30'，似乎只需要那么'轻轻一抓起来'就完事了，实际上这最终接头远比 8 万吨的沉管难!"负责现场安装的岳远征工程师说,"33节沉管安装历经了几年之后,从开始的混乱到后来有规律、有纪律、有规程地安装,已经比较顺手了。但这12米的最终接头不一样,它是在两节沉管中间非常狭窄的空间里安装,'振华30'吊装船上的师傅都没有这种海底精细对接安装经验,因为我们的安装不是简单地把6000多吨的大家伙吊起来往海底那么一掷就完事,它需要分毫不差地安装在海底三十多米深的一个狭窄空间里。船和钢绳的稳定、海潮和风向等都必须在科学计算和实地控制下,才可能做到分毫不差地进入海底三十多米深的狭窄空间⋯⋯为这,我们从3月10日左右就开始天天研究、演练,一直摸索到4月底才算稳定下来。这样,第一个安装的窗口时间没赶上。5月2日、3日,又是个窗口,林总决定必须抓住这个窗口时间安装完最终接头。"

"劳动节后的第一天,5月2日,对我们大桥建设者来说,是个非常特别的日子。2013年5月2日,我们第一节沉管的安装时间是这一天,四年后的最终接头安装又是5月2日⋯⋯是巧合,还是我们的幸运日,反正我们现在对这日子格外有感情。"林鸣说。

5月2日,2017年这一天,对林鸣来说,对所有大桥建设者来说,那一时刻是庄严而神圣的。

林鸣一声威严的命令:"开始!主吊起——"随即,只见"振华30"上那高耸入云的巨臂稳稳地展开,并伸向最终接头⋯⋯之后的三十八个小时，许多新闻记者在现场做了记录和报道，而且用的新闻标题极度不一样。为什么？因为后面的三十八个小时里，林鸣和他的团队一会儿被"成功对接"的欢呼声涌到巅峰，一会儿被"完啦""完啦"的悲切声拉至万丈深渊……

了解了后面这三十八个小时的惊心动魄经历，才真的知道林鸣这七年大桥建设过程是怎么过来的。六个字：悲苦喜泣交加！

当晚，中国港珠澳大桥"全线对接成功"的新闻，飞越了大江南北，也飞越了五湖四海。全世界都知道了中国，中国的工程师在珠江口、伶仃洋海面成功建设了一条世界上最长、工程最复杂、技术最高超的大桥！

但就在这之后的几小时里，也就是 2017 年 5 月 3 日凌晨三四点钟，有一个人在紧张中越来越焦虑起来。

后面发生了什么事，《21 世纪经济报道》首席记者赵忆宁在现场记录了林鸣七年建设大桥中最难选择和最要命的一段"极限人生"故事。我把它完整地搬来，是想让大家一起感受林鸣和大桥到底经历了怎样的"艰难困苦"（顺便也感谢赵忆宁女士）——

2017 年 5 月 2 日 22 时 30 分，在 100 多位记者的见证下，林鸣带领团队完成了港珠澳大桥沉管隧道最终接头的吊装沉放，几十家媒体发出"最终接头安装成功"

的消息，依据的是现场卫星、声呐测量数据。只有 3 厘米至 4 厘米的横向偏差堪称完美，这是按照设计最终接头横向偏差允许值在 7 厘米之内来说的。而林鸣等待的是"贯通测量"数据——一套以光学测量方法建立的测量系统所得的数据，也是最终将被承认的数据，这个数据只有打开最终接头的钢封门后才能获得。

2017 年 5 月 3 日清晨 6 时，还未接到贯通数据电话的林鸣开始感到不安，"肯定出问题了。"他拿起电话打给贯通测量负责人刘兆权："怎么回事啊？数据出来了吗？"刘兆权在电话里哼哼唧唧："贯通数据，偏差 10 厘米……12 厘米……可能是 14～15 厘米。"之后他又补充说："沉管结构不受影响，滴水不漏。"显然，这个与 GPS 测量相差甚远的数据让刘兆权心有顾忌。"我们经过多次的数据复核验算，两个数据相差得太远了，所以不敢上报。"刘兆权对《21 世纪经济报道》的记者说。

港珠澳大桥岛隧工程项目总设计师刘晓东、副总工程师尹海卿、沉管基础监控的负责人梁桁等在睡梦中接到林鸣的电话："出问题了，去现场。"从那一刻起直到 2017 年 5 月 4 日 19 时 50 分，所有参与其中的人都经历了职业生涯中惊心动魄的 38 小时……

过程超出了林鸣等所有人的意料。

从营地到最终接头沉放作业位置，"津安3"指挥工作船（沉管安装船）航行了几十海里。一路上，指挥工作船上的人从往日的相互交谈变为沉默不语。总设计师刘晓东望着海面，几小时前这里还在举行庆典，烟花绽放，而现在的结果预示着将要发生什么呢？梁桁看着表情凝重、一言不发的林鸣，也预感到未来时间里将注定发生不平凡的事情。此时，这个团队已经为港珠澳大桥岛隧工程工作了两千五百五十天。

2017年5月3日8时，决策会从营地会议室搬到"津安3"安装船上。几个项目负责人从东岛E33管节进入夹在E30和E29管节间的最终接头。眼见为实，手工测量横向最大偏差17厘米，纵向偏差1厘米，止水带压接均匀，不漏水。这个被反复核实的数据令在场的人感到震惊与不安。"横向误差17厘米，要不要重新精调对接？大家都说说吧。"这是林鸣的习惯，每当遇到重大决策时他第一步要做的就是收集信息并加以权衡。这是一个设计师、工程师、工程监理、设备提供商和业主共同参加的决策会议。

刘晓东感到从未有过的纠结，作为岛隧工程项目总设计师，他十分清楚沉管"错牙"是不能被接受的，如果缺陷在10厘米之内，可以通过管节内表面装修或者焊接来调整，前提是不能超过行车道净宽的安全间距。他第一个发言："因为不漏水，所以甚至偏差在 10 厘米以内我都可以接受，但 17 厘米的偏差已经到了设计可以容忍的极限，现在很难抉择。再装一次的话，过程不怕，而是怕再装一次不成功。一旦从成功走向不成功，一切就都毁了。"他的发言缓慢且音调低沉。

在拿到实测数据后，刘晓东打电话向港珠澳大桥管理局局长朱永灵汇报，他明显感到朱局长有压力。"昨天晚上已经向全世界宣布最终接头沉放成功了……但上报交通运输部的汇报文件还没发出，你们无论如何要万分小心。"朱局长补充说，"我相信你们，也相信林总能够把这件事情做好。"实际上，他没有明确表态。经过七年合作的风风雨雨，他太了解林鸣了，林鸣是一个具有睿智判断力和超常抗压能力，能坚持到底的人。

岛隧工程副总监理周玉峰语调平静地说："错边超出了验收标准的要求，是一个质量的缺陷项。因为最终接头安装既没有先例，也没有国家标准可以参照，如果业主（港珠澳大桥管理局）和总设计师允许这样的偏差值并且放行，作为工程监理，我也会同意。但是，根据港珠澳大桥验评标准，在信誉评价的时候要对工程扣质量分。缺陷就是一个不合格项，势必成为 5.6 公里多的沉管安装的败笔。"现场有人注意到，当林鸣听到"败笔"两字时动作的细微变化：合十紧压在嘴唇上的双手握成了拳头。

　　梁桁一直在观察林鸣的反应，他已经嗅到林鸣不甘心的气息。但梁桁还是表达了自己的想法："如果能够满足设计和使用要求，我不赞成顶开重做，因为最终接头并没有漏水。理论上 4 个保障系统可以按照原来的流程逆向操作一次，但是对逆向操作过程中会碰到什么风险缺乏实操预案，所以马上再做一次的风险太大了。"事后，梁桁对《21 世纪经济报道》的记者说："在决策会上我不能掩饰自己的看法，我很怕七年辛辛苦苦的成果毁于一旦。如果过程中出现问题，项目将拖延几个月或者一年，给业主、承包商乃至国家造成负面影响，因为已经对外宣布成功了。厄勒海峡沉管隧道在施工中曾有一节沉管因密封门破裂沉入海底而延误了工期。所以我当时是持反对意见的。"事实上，他的担心代表了大多数人的想法。

　　瑞士威胜利（VSL）的沃尔特·奥尔索斯（Walter Althaus）在施工现场被称为"水爷"，他是国际著名预应力专家，也是国际预应力协会会员。沃尔特也认为不宜再次对接："最终接头顶推系统的原设计方案中，没有'重新安装'逆向操作的预案，但为了安装和测试，液压系统具备将顶推小梁移出并再次安装的功能。虽然千斤顶释放负载后用泵收回是可能的，但在复杂工况条件下将对系统设备构成很大挑战。"他表达了担心。最终接头安装控制的关键环节——液压顶推系统的设计出自他手，所以他不希望出现任何变数。

威胜利最终接头安装现场项目经理张立在接受《21世纪经济报道》记者采访时说："一开始我们并不清楚隧道合龙结合腔内的水压能否再次增加到与隧道外相同的水压，也不清楚已经完成结合腔排水的密封顶推小梁受到外部水压的弯曲载荷，另外在载荷下收回密封框架也没有做过。但沃尔特答应林总，可以在现场重新计算，找出在这种载荷情况下的轴承摩擦有多大。"

乔尔（Joel Van Stee）是荷兰特瑞堡公司港珠澳大桥岛隧项目密封产品设计师，这家公司是大桥橡胶止水带的供应商。乔尔说："压接状况相当好，管内滴水不漏，根据我之前的经验，总体线形很好了，虽然将GINA止水带重新再压缩一次，从理论上说水密性是没有问题的。我们的纵向间距、平面转角、竖向位置、竖向转角、GINA止水带压缩情况及止水效果都很完美，但是为了一个精准对接度，意味着将这些来之不易的完美结果全部重新置于不确定性之中，所以我倾向于不要再重新对接了。"

老外专家毕竟有一定的经验，他们的意见在决定性的时刻，常常会被人们奉为"经典"。现在就看林鸣如何决定了，他是整个隧道工程的决策者。好与坏，责任全在他身上。这个时候的林鸣在想什么，大家不是很清楚，但有一点是知道的：他深深地感到了肩膀上的压力重如泰山。

"林鸣啊，其他的在现场我都看到了，你和你的团队做得非常圆满，我全放心。剩下的最终接头，老实说让我牵挂啊！无论如何要把最后的临门一脚踢好啊！"这是中交集团陈奋健总裁对林鸣讲的话。为了这最终接头，陈总裁连续三年都是在大年初一来到大桥工地，并且每一次都这样叮咛。就在 2017 年大年初一陈总裁来工地时特意向林鸣交代：最终接头开始安装前，一定要开个专家咨询会。"让大家帮你们排排风险！"陈总裁的话此刻又在林鸣耳畔响起。就是按照陈总裁的指令，最终接头准备安装前的 4 月份，林鸣再次邀请 6 名院士和三十多名国外权威专家来到珠江进行最后一次的把关和咨询，专家们共提出了一百多项预防风险的建议和意见，这是一次"掏心窝的会"。会上，有些院士和专家一次又一次地拉着林鸣的手，感慨和期望全在其中——咱中国人在海底世界的工程技术一直被人瞧不起，这回你把最终接头搞成了，我们从此可以扬眉吐气了啊！

这是怎样的一种期待和希望，林鸣比谁都清楚和明白，他的最终接头万众瞩目，其成与败，非他林鸣个人，也非他团队，而是大桥，而是我们中国工程师的荣誉，我们伟大祖国的荣誉！

现场的林鸣到底后来是怎样决定的呢？我们再看赵忆宁的现

场叙述：

　　责任让人们对失败充满了恐惧，因为厌恶风险与担心犯错有千丝万缕的联系。港珠澳大桥的特性决定了这个项目"只能成功不许失败"，没有人喜欢不确定。多数人不愿意放弃已经得到的成果，害怕将来之不易的成果置于不确定以及风险中，因为没有人愿意被指着鼻子说"你搞砸了"。退一步讲，第二次沉放对项目团队而言，即便是获得成功，其收益也是补偿性的——"边际收益递减"，而一旦不成功，带来的有可能是颠覆性的结局。

　　此时，林鸣的大脑在高速运转，肾上腺素的增加使他的思维变得异常敏捷。他没有掉入群体思维的裂缝中，而是有自己独特的视角。他认为不能把"不确定"和"风险"画等号，不确定性并非都意味着风险，还有获得收益的可能，只有当不确定性可能造成损失时才能谈到风险。他决意将危机当成一次机遇。

　　从清晨6时林鸣得到贯通数据，到下午1时第二次决策会结束，长达七小时，表达了看法的人们期盼总指挥说句话，林鸣早已确立起在这项工程中的技术与精神领袖地位。但他没有说一句话。"这七个小时你都在想些

什么？"《21世纪经济报道》记者后来问他。林鸣平静地
回答："始终在考虑该不该和能不能重新做，能不能做成
功，以及风险可不可控的问题。"他在用经验和直觉权衡
不确定性条件下重新对接的收益和损失概率。

　　对于决策判断，至关重要的第一步是描述决策发生
时的情境：这些情境中都包括什么？哪些是确定的因素，
哪些是客观不确定和主观不确定因素，或者哪些是结果与
概率均无法确定的因素，以及哪些是要排除在外的因素。

　　1998年，在林鸣被评为工程师的时候，一位老局长
曾面对面地传授经验："做工程，动手之前要先把工程像
过电影画面一样在脑袋里放几轮，一直放到这个画面很
清晰流畅时才可以做。"这一宝贵的经验让林鸣牢记至
今。但是，港珠澳大桥沉管隧道工程是世纪工程超级大
制作，自2010年底工程中标，使用钢圆筒人工快速成岛、
工厂法沉管预制、E10管节的深水深槽遭遇、E15管节的
回淤、E20管节的异常波，以及E33管节——首个曲线
管节的安装等，他们陆续遭遇了一个又一个难题，即便
是再高明的导演与编剧也无法完成全部画面的预设。

　　对林鸣而言，刚刚过去的15个小时的最终接头沉放
片段是清晰与完整的：使用振华12000吨起重船将六千

多吨的最终接头放置在 E29 和 E30 管节间；使用 54 个千斤顶将最终接头两端的小梁顶出，使最终接头与相邻管节接触，压缩临时止水带形成密封结合腔；再将结合腔内的水排出去；之后从隧道内通过钢板焊接与注浆实现永久连接施工结构。

他连续性地过电影，包括所有画面。在最终接头安装之前的 2017 年 4 月，曾召开过一次专家论证会，他们对专家们提出的一百多项风险进行排查，并做出操作预案。有第一次成功沉放的经验，有经过检验的四大保障系统支撑（环境、海流、结构与测控系统），特别是有一支经过七年磨合，在设计施工领域经验丰富的一流团队，林鸣坚信：潜在风险升级为灾难的概率很小。

林鸣开始思考重新做的步骤并评估每个步骤的困难程度。尽管现场嘈杂，信息不充分，最大的不确定性因素还是被他锁定了：威胜利液压系统与特瑞堡密封止水系统。2017 年 5 月 2 日，在第一次最终接头安装现场，《21世纪经济报道》记者曾与世界隧道协会著名专家汉斯·德维特简短交谈，当被问到千里迢迢观看最终接头安装的他最关注什么时，他回答说："我特别关注某些结构的创新、某些与隧道对接的部位、隧道区段之间的部件，还有止水带等。"也就是展开部分的顶推小梁，包括两边顶推部分的止水带，他与林鸣关注的焦点相同。所幸，这两家公司给林鸣提供了重要信息：逆向操作之门是敞开的。

找到"未知"中"已知"的林鸣，必须尽快做出决策，因为没有更多时间了。国家海洋环境预报中心总工程师王彰贵告诉《21世纪经济报道》记者，2017年5月3日的作业窗口期是从凌晨4时到下午6时，之后是5月4日的5时30分到19时30分。

做还是不做？林鸣只有两种选择。他脑海中呈现一张分为两栏的白纸，分别是做与不做的收益与损失。

可以不做吗？第一次沉放已经满足"良好密封"的使用需求，虽超出之前制定的验收标准，即使工程就此结束也可谓瑕不掩瑜。但17厘米的偏差将意味着什么？2014年3月4日安装的E10管节出现横向偏差9厘米（设计要求5厘米以内），林鸣曾因此受到交通运输部督查组的调查，这段经历让林鸣刻骨铭心。项目副总工程师高纪兵介绍说："我们整个沉管隧道的安装预算只有5亿元，购买深水测控系统时，外国人要价15亿元，所以我们只能自主研发，但是研发中遇到深水深槽的困难。督查组由交通运输部一位副部长带队，这是交通运输部自成立以来第一次对一个工序进行督查。当时，林鸣向督查组负责人说了句掏心窝子的话：'你们应该判断我们这里是发生了问题，还是出现了难题。显然，工程碰到了难题，你们应该帮助我们。'"在接受采访时林鸣不愿谈及此事，而对《21世纪经济报道》记者说："如果就此罢手，意味着120年设计使用寿命的超级工程会留下最大的遗憾。四千多名员工为之付出七年的心血将留下遗憾——不甘心。"

重来一次？重来就等于选择了不确定性，不确定性下最好的结果是精调大获成功，但也有可能是不成功，而且风险一定是和损失相关的，比如错过时间窗口而延误工期，顶推系统的保压期只有30天，一旦失去压力，势必造成极大的损失。经过深思熟虑，林鸣以他的工程经验和直觉，在反复确认所有细节及已知风险后做出抉择。他对在场的人说："这是设计使用寿命为120年的超级工程，我们不能给自己、给工程、给历史留下遗憾！这个数据会让港珠澳大桥建设的光辉变得暗淡，我们曾经承诺过，我们自己这一关就应该是最高标准的，所以我决定重新对接！"

5月3日13时，那一刻会场十分安静，甚至没有一个人争辩。此刻，在感情上的触发成为凝聚共识的助推器，人们接受了跟随林鸣总指挥一起迎接严峻考验的选择。"林总这句不留遗憾的话，在那一刻触动了我们所有的人。他的最后决策如同战场统帅的命令，作为战士，理解要执行，不理解也要执行，而且是不折不扣地执行。"梁桁说，"我跟林总一起工作了那么多年，贯通数据一出来我就觉得林总一定会决定重新装。"林鸣团队的每个人都清楚那一刻总指挥在想什么和要做什么，因为林鸣心中有一个锚，这是他决策的起点和依据，他会根据这个所谓的锚收集信息，进行评估和判断。林鸣在判断过程中注意力始终聚焦在这个锚上，这个锚的起点就是"不甘心"，更是创造世界沉管隧道工程的"中国标准"。

梁桁对林鸣决策作风的了解可谓入骨三分。然而林鸣对梁桁的欣赏与大胆使用也同样淋漓尽致。"这小伙子头脑灵光，有独立的判断，他与刘晓东是我技术上的左膀右臂……"林鸣有过这样的话。现在就看林鸣的最终决定了！

不放弃意味着行走在成功的边缘。一条总长 6.7 公里的沉管隧道（其中沉管段长 5.664 公里）已经完成物理连接，它静静地卧在深海中。重新对接的逆向操作，意味着把已经沉放的最终接头重新吊起来，工程师们要做的第一件事是把已经打开的钢封门重新焊死，往结合腔里重新注满海水，使结合腔的水压与外部海水的压力相同。2017年5月2日，最终接头首次沉放后，工作人员打开了结合舱门并完成了排水。

5月3日13时30分，决策会后，焊接结合舱门拉开了最终接头逆向操作的第一幕。在此之后，一波又一波的惊险轮番上阵，躲藏在暗处的风险伺机而动，将林鸣和他的团队一次次置于险境之中。

"林总从最终接头高三十多米的通气塔爬到最终接头里，现场督战上海振华工人对钢封门的重新封闭操作。当看到狭窄的工作面与工人在里面的各种操作时，林鸣非常担心散放的操作工具掉到凹槽中，因为那个地方就是舱门，哪怕是一段绳索、一个扳手、几颗螺丝钉，或者一块角钢，任何小的物品落下都将影响密封。"梁桁介绍说。工人们徒手排查凹槽中是否有异物，在确认安全后开始舱门的密闭焊接。振华重工拥有世界上最多最优秀的专业电焊技师，有1125人获得美国焊接协会（AWS）证书，所以林鸣对他们的技术很有信心。

5月3日19时，开始为临时止水结合腔注水增压。

为保障液压顶推系统与橡胶密封系统的安全，要使 10 米高的结合腔内部压强达到与 28 米水深水压相同的 0.28 兆帕。灌水进展非常缓慢，四个多小时后水压只达到 0.1 兆帕。在"津安 3"指挥船监控室中的林鸣一次次通过报话机询问压强，之后他开始怀疑水位计和水压计坏了。根据经验判断，只需要灌入不足 800 立方米（最终接头长 12 米，宽 38 米，高 11 米）的水不可能用这么长的时间。他准备将顶推小梁液压系统锁死机扣松开并回收小梁。

指挥团队中的骨干刘晓东、梁桁，中交四航院总工卢永昌等，在密切关注并分析结合腔加水过程，他们提醒林鸣还没达到内外水压平衡；副总工程师高纪兵注意到一个细节，他告诉林鸣压强还没有达到要求，钢封门上的变形压强监测仪数值与水压计是一致的，两组数据的一致性证明，当时结合腔里面的水压就没有达到与外面相同的水平。林鸣听完汇报立刻从监控室来到二楼舱室亲自看数据，他突然感觉打开锁死机扣有风险，立刻下令将机扣重新锁死。"如果在此时回收千斤顶将会面临钢封门崩掉的极大风险，如同站在悬崖边上，一脚踏出去又果断地收回来了。"刘晓东说。

面对危机，虽然有四大保障系统做后盾，但林鸣的团队成员才是最强有力的保障。"在林总七年的训练下，这个团队形成了特别能战斗的职业精神以及精益求精的专业化工作态度，掌握了非常专业的工作方法。平日他就如同我们的父辈，急起来也会骂人，但在关键时刻所有人都没有后退，为了这个'世纪工程'，也是'士为知己者死'。"梁桁说。

那天采访林鸣，跟他讲我读到赵忆宁文章的此处时，以为"大功告成"可以收场了。林鸣摇头说，最危险的事还在后面。

后面是什么事？赵忆宁这样描述：

仅仅过去5分钟，更大的考验来临：漏水了！重新焊接的钢封门漏水了！当结合腔水压上升到0.16兆帕的时候，人们在指挥船的监控视频中听到接头里"砰"的一声巨响，之后就看到滋水了。"水柱有5～6米高，就像高压水龙头一样，水从舱门进来了，当时沉管隧道中还有一个值班的工人，我们的一线工人冒着生命危险奋不顾身顶着雨衣往前冲去堵水，画面非常感人。水压很大，依靠人的力量根本顶不住。看到这个镜头时我们感到慌乱与震惊，因为在已经完成安装的33个管节中，从来没有见过漏水。我们紧急把已经注入的 400 多立方米的水向外排，然后再进去检查舱门，这时才发现，舱门焊接的地方被崩掉了一个缺口。万幸的是整体结构没有受到影响。"刘晓东说。

　　这个意外带给人们巨大的心理冲击。风险忧虑乃至恐惧袭来，还敢再做下去吗？此时已经是 3 日的 23 时，连续九个多小时的紧张操作，让所有人都非常疲劳。刘晓东、梁桁和高纪兵三人坐在指挥室的椅子上沉默不语。刘晓东心中在想："重新对接也尝试过了，十几厘米的误差并不是不能接受，就此打住吧。"而梁桁非常担心发生连锁反应："厄勒隧道 E13 管节沉入海底，沉放时没有任何迹象表明会发生事故，但 15 分钟后事故发生了。先是交通竖井的盖子发出爆炸声，30 秒之后控制塔发现其中一个舱壁失灵，情况已经失控了。"而此时的高纪兵手脚冰凉："如果 5 分钟前下达了脱开顶推系统的命令，舱门会彻底崩开，海水将涌入并淹没最终接头。还有必要再走下去吗？第一次决策会时很多人反对重新对接：非可控因素太多了，风险太大了！"林鸣并没有给他们再次表达的机会。"假如再开决策会讨论，我坚决不同意接着往下干了。"刘晓东说。

　　林鸣的情绪并没有受到漏水事件的冲击。碰到这种情况时人们一般会往最坏的方面想，而忘了进行客观的风险评估。如何进行沟通才能避免恐慌呢？他找了几个苹果给周围的人吃，笑着说："吃个苹果保平安。"之后他迅即将注意力集中在技术分析层面：只是焊接出现了问题而不是有其他问题。漏水，在他看来是一次没有造成实际损失的风险，犹如下棋时移动一个棋子，它可能被吃掉，但它却是胜局的起点。

　　"如果总指挥不是林鸣，可以肯定地说，换任何一个人都会停下来，他的自信基于经验的判断，如果没有这种自信，只有坚强的意志他也不敢做这种选择。因为这个选择注定只许成功不能失败。"刘晓东说。事后有人曾经问过刘正光署长，他肯定地说："我不会选择重新对接的。"在困难的时候能够坚定不移，这才是林鸣真正令人钦佩的非凡之处。坚定、果敢寓于林鸣性格之中，高度的专业素养则是来自工程实践的长期磨炼。勇敢、顽强、坚定，就是要排除一切障碍。

　　结合腔中的水被重新排掉，重新修复损坏的钢封门，这对承担焊接任务的上海振华而言压力巨大。上海振华的工人认为自己给工程捅了娄子，但是林鸣甚至没有责怪他们一句。当钢封门被重新焊接之后，他通过对讲机下令："继续加压！"4日5时，再次向结合舱成功注水，逆向操作的第一步已经完成。4日16时45分，"振华30"再次吊起最终接头，重新回到5月2日早上7时第一次沉放的原点……

再一次对接开始。"振华30"的船老大在操作时双手都有些颤抖了，林鸣用鼓励的目光扫了他一眼，示意：放稳心态。

船老大心想：老大呀，你饶了我吧！可活儿还得认认真真地干。他振作了精神，朝林鸣点点头。

5月4日17时，"振华30"再次登场，最终接头开始第二次安装，此时距离5月窗口期结束只剩下两个半小时。

林鸣开始用对讲机指挥"振华30"吊车司机操控吊机大臂（扒杆）。"抬扒杆！""下扒杆！"随着指令，大吊臂一起一落，两个小时过去了，他下达了上百次口令，不断地精确调整。"林总那时候在追求精度，此间已经多次显示偏差在3～4厘米之间，我们都认为完全可以停下来了，但他并没有停，林总这次要的是一个完美的精度。"梁桁说。19时50分，吊机大臂的吊钩吊着6000多吨重的最终接头在基床上稍微一滑一放。"放下去！"这是林鸣在此吊装中下达的最后一个指令。此时，距林鸣在5月3日6时许接到第一个电话过去了38个小时。GPS的数据显示偏差为1～2厘米。此时，朱永灵局长也在现场。他说："这个工程太惊心动魄了，我在这里，第一说明我们在一起，第二我坚信林总能够做好。"

5月5日早晨7时，林鸣再次接到贯通数据电话时不敢相信奇迹发生了："报告林总，贯通测量数据东西向偏差0.8毫米，南北向偏差2.5毫米。"还是刘兆权打来的电话。"搞错没有啊，怎么可能啊，是毫米级的精确度？"刘兆权肯定地说："林总，数据经过多次复核，真实可靠。"再也没有支支吾吾，这次的回复语调肯定并非常流畅。"我之前估计能够达到3～5厘米就已经很好了，人们不能想象，在强大压力下我们做出重新对接的决策，竟把它做成功了。毫米级的精度只能说是天道酬勤的奖励，是对我们七年努力的一个奖励。"林鸣对《21世纪经济报道》记者说。

港珠澳大桥岛隧工程项目常务副总工程师尹海卿评论说："重新对接意味着中国建设者首次在世界沉管隧道建设史上实际验证了最终接头施工方法工序可逆，为同类工程建设提供了可复制的施工经验和可供同类事物比较核对的标准。"

　　又一个"大国重器"在他手上圆满成功！"最后的对接结果，连我自己都没弄明白为什么会有这么高水平的对接精度！"他在接受我采访时这样说，而且也让其他人回答他的疑问。

　　是啊，到底怎么回事？尹海卿、刘晓东、梁桁、高纪兵等也只有相互对视后的欢笑，似乎这是个只有他们几位才知晓，又谁都解释不清的"天大秘密"。

　　让林鸣特别高兴的是，那位全程参加最终接头对接的汉斯·德维特先生，在5月5日专门为林鸣写了一封贺信，说："非常荣幸见证了沉管隧道最终接头的成功安装过程，这一重大节点预示着港珠澳大桥海底隧道即将胜利贯通，也预示着港珠澳大桥主体工程全线即将胜利贯通。向所有付出辛勤劳动，精准完成这一世界级安装难题的工程建设者致以崇高敬意！沉管隧道最终接头设计，以及施工中创新、高效的理念，是对沉管隧道技术的重大贡献，将来中国和世界隧道行业都会从这个项目获益。"

　　只有获得顶级专家和世界同行的认可，才是过硬的中国技术、中国创新。林鸣一直这样认为，也一直如此坚持，他的科学严谨精神与求实探究总是令人格外敬佩。

　　"大桥好与坏，有一百二十年时间来检验。我们做得好与不好，将同样接受这个时间的考验。"他说。

将深情留在蔚蓝的大海上

按理，最终接头对接成功之后，等于大桥全线贯通，更等于林鸣他们承担的控制性工程——海底隧道全部胜利完工了。但林鸣告诉我："并不是这样。我们还有两座海上人工岛，它主要是连接东、西两头的海底隧道与桥面的海上平台。但因为大桥有55公里的长度，又连着三地，如果能够在大桥中间留下些标志性的建筑，岂不美哉！"

林鸣其实是个既务实又很浪漫的大工程师。"从几十年前第一次踏上珠海的土地时，我就深深地爱上了这里的大海。港珠澳大桥给了我前后近十五年参与设计、规划和直接建设的机会，我与大海结下的情意，几乎成了我后半生的全部理想。大桥七年建设期里，数万建设者其实与我一样，他们都对大桥、对这片大海满怀深情。我们4000多名海底隧道建设者还有一个特别的心愿：大家用心血铸成的海底隧道深深地沉埋于大海之下，不易被人看到，要留点什么能够象征大伙儿对于大桥的一往情深。于是，我和我的同事们就希望把东、西两座人工岛建成象征港珠澳大桥在伶仃洋上的两座地标意义的建筑，永远屹立于珠海口的大海上……"

"这个意见好！"大桥三地委最高决策者在审议林鸣他们对人工岛建设的方案时，一致给予了充分肯定。

"用最好的材料，建最好的建筑；以最好的心思，做最好的工程。"林鸣对自己团队提出的要求，远超出大桥业主对人工岛建设的质量与要求。

林鸣要求人工岛所有的挡浪墙体、隧道敞开道墙面和岛上房屋建筑内外墙头，全部用发达国家最流行的清水混凝土。如今去过大桥的人，都会觉得两个人工岛的整体色调特别悦目。清水混凝土有"混凝土中的贵族"之称，比普通混凝土要高出很多质级，它具有非常耐久而又高贵的美感，体现的是一种高雅的素颜品质。它在欧洲发达国家的重大建筑体上被广泛运用。中国则很少用得起这一特殊建筑材料，除了成本高以外，关键是技术配制复杂，属于建筑材料中的高科技。

林鸣把这一艰巨任务再次交给副总经理尹海卿。他与林鸣之间是一种默契，不用太多语言，彼此都明白对方想要什么、反对什么。林鸣是组织者、指挥者和决策者，尹海卿是忠实的执行者、发明者和创造完善者。然而，外人并不知，在人工岛采用清水混凝土这件事上，尹海卿最初是林鸣意见的反对者。

尹海卿最初反对林鸣的意见，是因为他认为人工岛建筑用不着那么高度美颜，用些好的建筑材料就可以了，最根本的原因是时间太紧张。海底隧道沉管安装完毕之后仅有半年时间，要把人工岛的数万平方米建筑建好已经非常不易了，还要搞清水混凝土这样的世界级技术建筑材料，那是自己给自己出了道高难度题目，且成本高出原预算很多。"关键还在于，沉管浇注质量要求那么高，技术含量也非同一般，而且要求是在一个可控的范围和时间内一次性完成的。人工岛的建筑就不一样了，它数万平方米面积，可不是一天两天所能完成的，要几个月才能做成，混凝土浇注也不是在一个可控的范围内，而是在露天下作业，受气候、环境和时间等多方面影响，这种情况下你要弄出一种又好看又不开裂的混凝土宽体建筑面，国内又几乎没见过……林总他见多识广啊，拿出德国议会大厦等建筑照片给我们看，说你看人家的建筑，什么时候、什么人看了都感觉它时尚、美观、不落伍。我们这大桥要求一百二十年寿命，人工岛是大桥的中间点，又在大海之上，一定要让它成为海上地标建筑，一百二十年不落伍。清水混凝土外体是目前世界上最好的一种建筑材料，我们中国要有，必须要有！他讲的道理总是能让人信服。道理信服了，你就得自觉自愿去努力实现它。"尹海卿说，他后来从反对者转变成坚定的清水混凝土制造者和实践者，是因为最终他被林鸣说服了。

"我们到德国跟人家谈采购模板，人家出的价吓死人，1立方米好几千欧元！我们不干，扭头就跑了。林总知道后逼着我们跟人家签约，说啥贵不贵，你用了就觉得不贵了。我们跟人家签约时的情形有点像黑社会，是在地下停车场签的……"尹海卿回忆起在德国的经历，抿嘴笑了起来。

如今我们通过大桥人工岛时，一眼望去，无论是与大海相嵌的挡浪墙，还是房屋体，就连脚踩的地面，皆是清一色的清水混凝土，充满柔和的美感，色调高雅而时尚，与大海自然相嵌，浑然一体。

有一次林鸣上岛，台阶上有一道不一样的光泽映射到他的眼中，于是他蹲下身子，侧着肩膀眯起眼，果然发现是一段清水混凝土没刷平。他便把工区负责人叫到跟前。"我们一起蹲下身子，什么时候把这地方弄光滑了，什么时候才起身。要到各个角度的光线照射过来，都能与四周台阶轮廓一个模样，看不出半点儿走样为止……"

林鸣就这样，每天用他那双很"毒"的眼睛，到人工岛的各个地方去检查，去"瞄"。

"他哪是个建桥工程师，简直就是个搞微雕的艺术家，细到能从鸡蛋里给挑出骨头来！"高纪兵说，大伙儿都说林总厉害，其实是怕他那双眼睛和那精明细致的高标准、严要求。"他能把人逼疯！"高纪兵举例说，"两个岛上有几层楼面建筑，面对大海自然少不了玻璃门窗。我们设计的时候，都是按国内建筑上最好的材料和标准来规划和预算的。所有的设计和技术要求都做好了，可临到最后，他瞅了一眼我们准备采购的玻璃和门窗材料，竟气呼呼地扔下一句话：废了，全废了！改用世界上最好的玻璃和材料！他这么一个命令，我们就得推倒重来。原本几百块 1 平方米的玻璃，按林总的采购标准，一扇玻璃窗子就成了几千元的造价！门也是，现在大家看到的人工岛上的那些门窗，都是几千块呀！价格高出原本设计的几倍……最后两场超级台风一来，林总就得意万分地回头找我们，说你们看看，我们的玻璃和门窗一块都没破吧！如果按照原来的材料，这两场台风一刮，基本全都报销了！换上新的，以后再来几场台风，又同样被吹得稀里哗啦！你们算算，一百二十年间大桥要经历多少场台风？假如用的是些一般性的玻璃和门窗，仅仅这一块要花多少钱？再回头看一看，我们从一开始就用了最好的材料，不是啥都省下来了嘛！他这么一算账，无人不佩服。这就是我们的林总，总是棋高一着！仔细想一想，他到底高在哪个地方呢？高就高在负责任，敢担当，看问题长远。"

"当我一次又一次站在大海中央的两个人工岛上，都会有无数的畅想和理想。站在西岛往东望的时候，我想到了一百多年前被外国列强租占的香港，当然还有一旁的澳门，我就在想：今天我们港澳同胞的回归意识仍在一步步增强之中，有些人，特别是年轻人，还没有完全树立祖国的归属感，这是为什么？就是因为我们互通的机会太少了。现在，大桥要建好了，这样的交流机会就多了许多，但仅仅是一座大桥还是远远不够的，心灵上的桥梁建起来后，才有可能带来真正的互通和相知相亲。这是我所期待的，也是祖国大家庭的人民所期待的。站在东岛往西望时，我看到了珠海，看到了珠海之后的祖国万里山河，看到蒸蒸日上、一天比一天强盛的祖国和生活一天比一天美好的祖国人民……这个时候，我总是心潮澎湃，热血沸腾，于是也就有了把东、西两个人工岛建成珠江口和伶仃洋上一对海上明珠的想法。这是两颗富有许多象征意义的明珠，并且还可以是三地百姓通过大桥时观光与小憩的绝佳地方。有了这种想法后，我觉得眼前似乎又多了一个与海底隧道工程并驾齐驱的新工程，这就是把岛上建筑建好、建美！"那段时间整个大桥工程已经全部完成，于是林鸣能用几个整块的时间来回忆他七年奋战大桥的历历往事。

采访时我有过两次机会上岛，但并非林鸣陪同，一次是樊建华书记陪同，一次是大桥管理局的一位工作人员。那都是在大桥通车之前，感觉就是：美！美不胜收！

　　首先是颜色上的美感，整个人工岛触目可及的颜色，就是林鸣他们攻关下来的清水混凝土建筑色别，它是种淡青色，粗看并不感觉它多高贵，但越看越觉得再无他色可以替代。尤其是每一块挡浪墙——它圈着整座人工岛，像高高的围墙将大海与人工岛隔离成两个世界，又似乎融为一体，相互映照，各占一方天地。岛体上人举目所能看到的地方，或台阶、楼梯，或会议厅、办公室、房间，或地板和墙壁，皆是清水混凝土所制，于是你感觉不到这些地方有什么不同，它们都异常清洁，令人悦目与心畅。

　　沿岛边行走，可见远处白鹭飞翔，足底海浪拍岸。可见飞机穿梭于天上，听巨轮鸣笛于海上……俯首观望那整齐威武的挡浪墙下面，是一尊尊数吨重的防护块，它们犹如一个个忠诚的卫士，默默地坚守在自己的岗位上，随时准备迎接海浪与台风的袭击。之后，通过宽阔的岛台，走到岛的最前方，再迎风眺望近在咫尺的香港与澳门，那感觉犹如站在巨轮的甲板上，有一种想要拥抱大海的冲动……

　　没有人工岛时，伶仃洋阻断了三地亲人们的这份情感；大桥的建起，尤其是两座人工岛屹立于大海之上，让三地的人们都可以展望与回望。这种展望与回望的体验，既是对自身，也是对自己民族文化心理，以及对祖国认同感的心灵体验。"为了让这种体验保持一种畅通、愉悦和美好的感觉，我们必须将这两座岛建成心灵之岛、情感之岛、百年千年和睦一家之岛。"这是林鸣的愿望。

从工程学角度，林鸣还有自己独到的思考与审美：大桥如此宏伟、美丽，但进入大海中央之后是一段潜入深海的海底隧道，它不在人们的视野之中，如果没有人工岛的存在，大桥就显出"残缺"之感。"从视觉观感上看，大桥必须具有整体之美。失去整体之美，便是大桥建设者的一种遗憾。为此，我内心便有了强烈的愿望：一定要把东、西两座人工岛建出连贯大桥整体的一种特殊之美……"

于是进入 2017 年之后的东、西两个人工岛，便成了林鸣及其团队的主要工程任务和心结，而在这之前的数年间，他和团队的精力主要放在沉管、最终接头的制造与安装等方面。当海底隧道这两座技术高峰被拿下后，林鸣可以登高望远，俯瞰天下……人工岛便成了他为大桥画上最后一笔的倾情之作。这是一次可以完全舒展理想与才情的机会，也是林鸣最能体现自己本性的一次——他的本性是追求一切完美，他可以为了追求完美而不惜一切！

现在，林鸣从尹海卿那里看到清水混凝土配方和预制件的研发成功了。他每天迈着有力的步伐，挥动着一双白色的手套，以威严的目光紧盯着那些边边角角，因为那些地方才是不易被人注意之处，最容易出现质量瑕疵。前面已经说过，他的眼睛特"毒"，所到之地，目光停留在哪里，哪里一定是在他眼里出了"毛病"……其实他的手更"毒"，看似轻轻的尚未摘下手套的那一抹，一切的优与劣手感下全然暴露。

东、西两个人工岛已经全部建起。在林鸣的指挥下，7万多平方米的清水混凝土建筑和装修，2000名水工干将不分日夜，只用九个月的时间，硬是把它干成了大海上最美的地标。

林鸣还有两个愿望：让东、西岛成为三地人民永远深情凝望的地方，期待早日相拥相抱一家亲。于是我们现在站在东、西两岛上可以注意到一个细节：那两座岛的最高建筑物的前脸，各自都有一对大大的"眼睛"（其实这是岛隧的通气设备，林鸣将其艺术地装饰成现在这个样子），并且相互深情地对视凝望。这是一对意味深长的艺术造型，又是极富现实意义的两处观景台，隔海相望的亲人可以在这彼此的凝望中产生无限的遐想。在东、西两岛岛端的几个方位上，屹立着几座方方正正的青铜铸成的大鼎。这是林鸣的又一创意，巨鼎端坐于东、西岛端，一为任凭风吹浪打，镇岛之宝在此，大桥和伶仃洋从此便安然无恙；二是象征祖国三地国泰民安，千秋万代。

筑岛奇迹　海底绣花
蛟龙出海　圆梦伶仃

这 16 个字是林鸣亲手撰写的鼎文，它与林鸣的心一起牢牢地镌刻在鼎上，永远闪着光芒。

2017 年 12 月 31 日，大桥主桥工程全线亮灯。林鸣和朱永灵局长等来到东、西两岛上，与数千名大桥建设者隆重庆祝大桥工程圆满竣工的伟大胜利。这一夜的灯光秀，让大桥、让人工岛在全世界面前进行了一次淋漓尽致的精彩表现。

林鸣说，那一夜他陶醉了，陶醉于自己一生的理想和奋斗之中……

那一夜有个人并没有在岛上，她在海中的船艇上，在远远的地方观看大桥的绚丽灯火。那时的她也陶醉了，陶醉于自己一生找对了一个人、一个只属于她的丈夫。她自然是林鸣的夫人胡玉梅。

这一夜过后的第二天早上，也就是 2018 年 1 月 1 日的清晨。林鸣希望夫人陪他到大桥上走一走。"今天我要跑大桥全程！"林鸣在大桥的收费站起步点对夫人说。

"跑吧！我在这儿等你回来……"夫人笑了，冲着自己这个与大桥一样的男人。

　　他扩扩双臂，雄赳赳地迈开双腿，开始在大桥上奔跑，奔跑，一直在朝霞下奔跑着，与大桥一起向远方延伸着，直至融为一体……妻子又一次陶醉，被他的大桥和大桥上的他所陶醉，陶醉……

发表于《人民文学》2019 年第 6 期